너를 만나 알게 된 것들

너를 만나 알게 된 것들

정인한 에세이

사우

"밤은 별도 달도 없이 거기 그렇게 있었다."

_파스칼 키냐르 《세상의 모든 아침》

아름다운 방패 같은 글

정인한은 내가 아는 한 가장 아름다운 에세이를 쓰는 작가다. 그가 삶을 미화하거나 일상을 화려한 문체 속에 녹여낸다는 뜻은 아니다. 오히려 삶 속에 있기 마련인 무수한 감정을 인정하고, 어느 일상에서나 있을 법한 걱정을 다루면서도, 그 모든 것을 견디고 끌어안고 긍정하는 태도가 아름답다. 마치 투박했던 커피콩이 정성스러운 로스팅 과정을 거쳐 그 본연의 향기를 피어 올리는 것처럼, 그의 글은 고유한 향기를 머금고 있다.

정인한의 글을 읽다 보면, 어제를 다시 살고 싶어진다. 내가 놓친 순간이나 잘못 대한 순간이 너무 많은 것처럼 느껴진다. 그가 일상을 대하는 방식에 감화되어, 적어도 오늘 하루만큼은 다른 마음으로 살고 싶어진다. 마음을 다시 가다듬고, 한결 더 정갈한 마음으로 하루를 대하며, 타인을 사랑하고, 나를 지키고 싶어진다. 그래서 그의 글은 마치 아름다운 방패 같다. 삶의 불순물로부터 삶을 정확하게 지키도록 도와주는, 나쁜 것들을 걸러내고 소중한 것만을 남기게 해주는, 그런 섬세한 방패 같다.

_정지우(문화평론가, 《인스타그램에는 절망이 없다》 저자)

위안 삼아서 읽기만 하던 나에게 쓰는 것은 아직도 아득히 먼일이다. 마음속 어느 즈음에 글이 나오는 곳이 있을 텐데, 그곳으로 가는 길은 알다가도 모를 일이다. 빈 종이 앞에서 눈을 감고 있거나 앞에 놓인 커피를 축내는 시간이 많았다. 턱을 괴고 창밖의 반짝이는 불빛을 바라보고 있어도 종이에서 활자가 자연스레 돋아나는 일은 없었다. 빈 여백이 가득한데 자정을 넘어 다음날을 맞이하는 날이 많았다.

오히려 글을 쓸 수 없는 순간에 종종 문장이 떠올랐다. 장거리 운전을 하고 있거나, 카페에서 수북이 쌓인 머그잔을 씻고 있을 때, 놀이터에서 뛰어다니는 아이들을 지켜보고 있을 때, 어떤 작은 보람과 함께 소소한 이야기가 돋아났다. 부끄럽지만,

그런 마음을 소중한 보물이라 믿고 호주머니에 넣었다. 모두 잠든 밤에 그것을 꺼내어 살피고 다듬어서 글을 지었다.

이 책에 실린 몇 편의 글은 그렇게 쓰인 것이다. 쓰고 나서 보면 이게 전부인가 싶을 정도로 조급하고 서툰 고백이었다.

지은 글을 신문사에 송고하고, SNS에 올리면서도 이런 고백이 남겨질 가치가 있을까 고민을 계속했었다. 그럼에도 어떤 글이 쓰이고, 독자들에게 읽히고 따뜻한 피드백을 받는 것은 특별한 경험이었다. 우연히 쓴 부족한 글이 가냘픈 삶을 지켜주는 느낌이 들었다. 때때로 엄습하는 초조함, 게으름이나 싫증으로부터 큰 상처를 받지 않도록 감싸주었다.

꽤 긴 시간의 터널을 이만큼이나 지나올 수 있었던 것도 여기에 실린 몇 편의 글 덕분이다. 커피에 대해서 아무것도 모르던 내가 카페를 운영한 지 어느새 십 년이 지났고, 파릇한 아내와 둘뿐이었던 우리도 그사이 넷이 되었다. 그 세월 동안 보지 않으면 안부가 걱정되는 단골들이 제법 생겼고, 마음을 주고받던 직원들도 소중한 인연으로 남게 되었다. 이렇게 쌓은 관계의 기록이 다른 이에게도 작은 위로가 되었으면 하는 바람이다. 아무쪼록 읽는 동안 편안했으면 한다.

늘 할 수 있다고 응원해준 첫 번째 독자 정애에게, 쓰는 삶을 살 수 있도록 이끌어준 정지우 작가에게, 자정이 될 때까지 서로의 문장을 다듬어준 합평회 멤버들에게 빚진 마음이 많다는 것을 밝히고 싶다. 그들이 창밖의 은은한 불빛 같았다. 해서 아득하게 느껴지는 밤들을 지새울 수 있었다. 끝으로 이렇게 작은 고백을 책으로 엮어주겠다 제안해준 문채원 대표에게, 애정 어린 마음으로 이 책을 선택해준 독자에게 감사 인사를 올리고 싶다.

2021년 가을에
정인한

c o n t e n t s

[1부]

———————

시작은 사랑이었다

정애가 좋아서 하는 카페

우리 카페는 아침 일곱 시에 문을 연다. 처음부터 그랬던 것은
아니다. 세 명의 직원에게 인건비를 주고 나면 마이너스가 났기
때문에 발등에 불이 떨어진 상황이었다. 마이너스 백만 원, 이
백만 원 정도의 구멍이 몇 달 동안 이어졌다. 밥맛도 떨어졌다.
고민해도 해결점을 찾기가 어려웠다.

　가동 시간을 늘리면 어떻게 되지 않을까 하는 생각이 막연하
게 들었다. 아주 늦은 밤까지 하는 것도 하나의 방법이었다. 하
지만 커피에 들어 있는 카페인은 아무래도 아침과 어울린다는
생각이 들었다. 고민 끝에 잠을 조금 덜 자고 일찍 열어보자는
결론에 닿았다. 열두 시까지 혼자서 일을 한다면 나만 피곤하면
될 일이었다.

하지만 일찍 일어나는 새가 꼭 벌레를 많이 잡는 것은 아니었다. 초기에는 점심시간이 되도록 한두 테이블의 손님만 오는 경우가 허다했다. 그 시간은 참으로 적적하고 고요했다. 그 시간 동안 내가 무엇을 했느냐 하면, 먼저 아침 식사로 미숫가루를 타서 먹었다. 이어서 몇 잔의 커피를 연거푸 마셨다. 심장이 두근거려서 기분이 나아진다는 느낌이 들 때까지 마셨다. 그러고는 테이블을 닦고 바닥을 쓸었다. 군대에서 배운 대로 오와 열을 맞췄다. 깔끔하게 정돈이 되었는데도 손님은 당연한 듯 오지 않는 경우가 많았는데, 그럴 때는 노래를 바꿔보기도 했다.

루시드폴이나 오지은이 너무 우울해서 그런가 싶어서, 〈10CM〉를 틀어보기도 하고, 가사가 있어서 그런가 싶어 〈러브레터〉 OST나 〈냉정과 열정 사이〉 OST를 틀어보기도 했다. 보급형 스피커에서 나오는 선율을 들으며 산책로를 바라보았다. 길 건너편을 바라보면서 사람은 보이는데 왜 여기로 들어오지 않을까 하는 생각이 계속 들었다. 그러다 혹시 도움이 될까 싶어서 예전에 공부했던 《경제지리학》 책을 다시 꺼내어 읽었다. 그 책이 큰 도움이 되는 것은 아니었다. 그럼에도 예전에 보던 책을 다시 읽으니 기분이 나아졌다. 알고 있는 개념을 다시 보니 내가 허투루 살지는 않았다는 생각이 들었다. 그래서 《지형학》, 《기후학》, 《인구지리학》, 《교육철학》, 《교육사회학》, 《교육심리학》, 이런 책을 다시 꺼내서 읽기 시작했다. 그러다 결국에는 손님을 위한 넓은 테이블에 자리를 잡고 앉아 공부를 하기 시작했다.

이렇게 계속 조용하다가 망하게 된다면, 그렇게 되는 날이 올 때까지 계속 성실하게 공부나 하자는 다짐이 생겼다. 나는 세상에서 거의 완벽한 개인용 독서실을 가진 남자라고 자기암시를 거는 데 성공하는 지경에 이르렀다. 하기야 내 꿈은 바리스타와는 거리가 멀었으니까.

상호가 '좋아서 하는 카페'라서, 손님들은 내가 커피가 좋아서 카페를 한다고 생각하는 경우가 많다. 남들이 보기에는 참 팔자 좋은 사람이라고 생각할 수도 있을 것 같다. 그러나 내가 이름을 정할 때 고려한 것은 프러포즈였다. 앞에 아내의 이름이 숨겨져 있다. 괄호 열고 정애 괄호 닫고 좋아서 하는 카페가 정식 명칭이다. 당시의 여자 친구였던 아내가 연거푸 시험에 떨어지기만 하던 나를 믿어줘서 빚을 냈다. 그 돈으로 짧은 시간 동안 커피 공부를 하고, 카페를 오픈할 수 있었다. 열두 평 작은 집에서 결혼 생활을 시작할 수 있었다.

프러포즈할 때 친구 민호가 기타를 쳐주었고, 나는 그 선율에 맞춰서 평범한 목소리로 〈다행이다〉를 불렀다. 가사는 내 마음과 똑같았다. 아니 조금은 더 절박한 마음으로 사랑했다. 아내가 아니었으면 지금까지 카페를 운영하지 못했을 거라는 확신이 든다. 왜냐하면 나는 집도 차도 없는 신세였다. 거기에 보통의 성실함을 가지고 있는 사람이었고, 그것을 뛰어넘는 불안을 숨기고 있는 평범한 한국 남자였기 때문이다.

새벽에 울리는 알람에 맞춰 일어나는 것은 여전히 어렵다. 그럴 때마다 옆에 누워 있는 두 딸과 아내를 바라본다. 아침마다 찬물에 머리를 감으면서 드는 생각은 아내가 나에게 가지는 믿음이 나의 튼튼한 동아줄이고, 두 딸은 나의 등에 매달린 사랑스러운 하중이라는 것이다.

요즘도 여전히 아침으로 미숫가루를 먹는다. 요새는 전공책이 아니라 소설책을 주로 읽는다. 고맙게도 이른 시간이지만 혼자서 일하기에 바쁜 날이 더 많다. 가끔은 점심시간이 되도록 한 번도 앉지 못하는 날도 있다. 수년 동안 매일같이 찾아주시는 몇몇 손님들 덕분이다. 혼자서 카페를 지키는 것은 적막한 느낌이지만, 한두 명이라도 오래도록 앉아 있어 주기 때문에 다른 길손들도 조금씩 궁금해하게 되었다. 또 그분들이 반복해서 찾아주었기 때문에 지금처럼 카페가 유지된다는 생각이 든다.

한자리에서 이런 마음으로 카페를 운영하고 있다. 그러다 보면 창업을 하고 싶어 하는 손님이 문의를 하는 경우도 있다. 그럴 때마다 하는 첫 번째 조언은 견딜 수 있는 자리에서 출발하라는 말이다. 자본이 많다면 크고 화려하게 시작할 수 있고, 오래도록 견디는 것도 가능하겠다. 하지만 되도록 임대료가 적은 자리를 찾으라고 조언한다. 높은 임대료가 많은 유동인구를 보장하는 편이지만, 시내의 카페가 오래가는 경우는 무척 드문 일이다. 객단가가 낮은 카페업종 특성상 도심의 높은 지대를 견디기란 어려운 일이다. 처음부터 높은 매출이 필요하다면 아무래도 초조하기 마련이다.

그럼에도 걸어 다니는 흐름이 있는 곳을 찾았으면 좋겠다. 걷는 사람이 주변의 풍경을 볼 수 있고 가끔은 앉고 싶어지기 때문에 카페에 들어올 가능성이 있기 때문이다. 요즘은 인스타그램 같은 SNS를 통한 이미지 마케팅도 제법 되는 느낌이지만, 그런 곳은 반복된 방문을 창출하기는 어렵다. 왜냐하면 새것은 낡게 되는 것이 이치인데, 계속해서 신선한 이미지를 발굴하는 것이 '좋아요'를 많이 받는 손쉬운 방법이기 때문이다. 젊은 연령층이 많은 대도시에서는 어느 정도 안정적인 수요를 기대할 수도 있지만, 보통 지방 도시에서는 적합하지 않은 방법이라 생각된다.

견딜 수 있는 자리도 중요하지만, 견디는 이유에 대해서도 한 번 생각해보면 좋을 것 같다. 불안하고 믿을 것이 없는 세상이라 사랑의 무게도 예전 같지 않지만, 그것을 종교처럼 스스로 굳게 믿는 것은 어떨까. 세상에 뿌려진 사랑이 어려운 상황을 견뎌야 하는 토양이 된다면, 어떠한 곳에서도 어느 정도 돈을 벌고 소박한 미소를 지으며 살아갈 수 있지 않을까 생각된다. 내 경우에는 견디는 이유가 곁에 있어서 다행이라고 믿는다. 그 믿음 아래에서 카페를 운영한다.

고양이를 조금 더 챙겨야지

작은 카페가 여럿 모여 있는 우리 동네 거리에는 길고양이가 제법 있다. 마음씨 좋은 꼬마 손님이 많아서 간식을 챙겨주기도 하고, 가게 주인들도 고양이를 환대하는 편이라 고양이들은 제 집처럼 카페를 드나들곤 한다. 테라스 문을 활짝 열어놓고 영업을 하는 봄가을에는 어느새 공간 깊숙이 들어와서 의자 밑이나 소파 위에 앉아 있는 길고양이를 종종 만날 수 있다. 그중에 강아지처럼 사람을 잘 따르는 고양이 '까노'가 있다.

까노를 처음 봤을 때 명찰이 달린 목걸이를 매달고 있었고, 거기에 '까노'라고 적혀 있었다. 처음에는 집에서 키우던 고양이인 줄 알았다. 알고 보니 근처 주택가에 사는 동네 주민이 중성화 수술을 시켜준 뒤에 이름표를 붙여주고 다시 풀어줬다고 한다. 그 고마운 분의 설명에 따르면, 까노라는 이름은 아메리카노에서 비롯된 이름이다. 어릴 적부터 사람의 보살핌을 받아서 그런지 강아지처럼 사람을 잘 따른다.

"까노야" 하고 부르면 다가와서 "야옹" 한다. 옆에 앉아 있으면 바짓단에 제 몸을 비비는데 그 모습이 어여쁘다. 흰 바탕에 검은색과 갈색 무늬를 가진 까노는 사람 앞에서 늘 공손한 편이다. 만져도 꼬리를 세우지 않고 사람의 손길을 잘 받아들인다. 덕분에 까노는 영양가 높은 간식을 많이 먹고 나날이 덩치를 키워가고 있다.

까노 옆에는 '감자'가 있다. 감자는 까노의 아들인데, 생긴 모습은 매우 다르다. 까노는 뿌리채소처럼 터프하게 생긴 편이고, 감자는 수려하게 생겼다고 해야 할까. 다니엘 헤니 느낌이다. 《장화 신은 고양이》에 나오는 주인공을 꼭 빼닮았다. 야밤에 수풀 안에서 요가라도 하는지 군살이 전혀 없다. 요즘은 카페 안으로 잘 들어오지 않는다. 혹시 감자가 카페를 자신의 집으로 인정해준다면 카페에서 키우고 싶을 만큼 아름답게 생겼다.

감자가 요즘 까노에게 종종 맞는다. 감자가 '양파'와 사귀기 때문이라고 추측한다. 양파는 임신을 한 번 했을 정도로 나이 먹은 고양이다. 그러나 갓 태어난 새끼처럼 작다. 아마도 길고양이 세계의 경쟁에서 도태되어 그렇지 싶다. 결정적 시기에 영양 섭취가 부족한 탓에 영원히 어린아이의 몸을 가지고 살아야 하는 운명이 되어버린 것 같다.

불쌍한 양파를 감자는 무척 좋아하는 듯 보인다. 무서운 엄마가 때려도 아랑곳하지 않는 것을 보면 알 수 있다. 작은 종이 상자에 함께 들어가는 것을 즐기고, 잠도 같은 공간에서 자는 것을 보면서 그런 추측을 한다. 아침에 카페 문을 열고 주차장에 정리된 박스를 보면, 두 고양이가 암모나이트처럼 몸을 동그랗게 말고 자는 모습을 종종 볼 수 있다.

이렇게 많은 고양이 가운데 우리 카페에서 제일 많이 만날 수 있는 고양이는 '삼식이'다. 이 친구는 양파의 엄마이고, 주 서식처는 우리 카페 테라스다. 왜냐하면 옆 카페에 가면 까노에게 맞기 때문이다. 까노는 사람에게 온순한지만, 덩치가 큰 만큼 싸움을 잘하는지 녀석이 뜨면 다른 고양이들은 다들 꽁무니를 뺀다. 삼식이가 까노에게 쫓기는 모습을 여러 번 보았다. 불쌍한 삼식이.

많이 맞고 자란 탓인지 삼식이는 무척 까칠한 고양이다. 윤지의 손에서 피가 나게 한 적도 있고, 간식을 주는 손님 손에 냥편치를 날린 전적이 많다. 그래서 간식을 주는 분들에게는 꼭 조심하라고 말을 전한다. 고마운 것은 그렇게 조심성 많은 녀석이 가끔 우리 카페 안으로 들어와 준다는 점이다. 삼식이가 카페에 들어오면, 뭔가 인증을 받은 느낌이라서 뿌듯해진다. 세상 까칠한 손님에게 커피 맛을 인정받은 기분이다.

그럼에도 나는 직접 고양이에게 간식을 준 적이 없다. 손님들의 시선 때문이기도 한데, 모든 손님이 고양이를 달갑게 여기지 않는다는 사실을 알기 때문이다. 다만, 주차장에 고양이 급식소가 있고, 관심을 보이는 손님이 있으면 준비해둔 간식을 드린다.

그런데 최근 큰 사건이 생겨서 공식적으로 내 입장을 정해야만 했다. 산책을 즐기는 동네 주민이 고양이에게 돌멩이를 던지는 모습이 CCTV에 찍힌 것이다. 강아지와 함께 산책하는 어른인데, 강아지 목줄의 끝을 묶어서 채찍처럼 휘두르는 모습도 포착되었다. 며칠 동안 건물 주변의 기록을 보니 일주일에 여섯 번이나 반려견과 함께 카페 주변을 두리번거리는 모습이 보였다.

그 모습을 보는 순간, 요즘 고양이들이 거리에서 조금씩 자취를 감추고 있는 이유를 알 수 있었다. 경고문을 붙여놓으면 괜히 표적이 된다는 손님들의 조언도 있었지만, 결국 길고양이를 공격하지 말라는 포스터를 붙여놓았다.

모르겠다. 작은 생명이라서 가볍게 여기는 것이 옳은지. 오히려 영혼의 무게로 치자면, 사람이나 강아지나 고양이나 비슷하지 않을까 싶다. 확실한 것은 약한 존재도 살아가기에 괜찮은 세상이 조금 더 나은 세상이 아닐까 하는 믿음이 있을 뿐이다. 해서 앞으로는 손님의 눈치가 보이더라도 고양이를 조금 더 챙겨야지 하는 다짐을 해본다. 카페 거리의 풍경을 이루고 있는 존재에게 마음을 더 쓴다고 나쁜 일이 생기지는 않을 테니까.

난생처음 아빠가 되었다

그날 예상했던 것보다 산통을 오래 했다. 우리 둘은 좁고 낯선 분만실에서 너무 오래 기다리고 있었다. 그저 옆에 있는 나도 어지러운데, 아내는 어떤 심정이었을까. 그날 따라 몇 개의 분만실에는 차례를 기다리는 산모들이 줄줄이 대기하고 있었고, 우리도 익숙하지 않은 장소에서 손을 맞잡고 기다리는 수밖에 없었다.

무통 주사를 맞고 너무 오래 기다린 아내는 힘을 주지 못했다. 한참을 기다려도 아기가 나오지 않자, 나이가 제법 많아 보이는 간호사가 아내의 가슴 쪽에 올라앉는 모습이 보였다. 불룩한 배를 누를 채비를 하는 듯 소매를 걷어 올렸다. 누르는 모습을 차마 볼 수 없어서 나는 눈을 감을 수밖에 없었다. 이런 나를 의식했는지 커튼을 치는 소리가 들렸다. 보이는 것은 없지만 힘들어 하는 소리가 계속 들렸다. 다른 감각들은 이내 뭉개지는 것처럼 느껴졌다.

같은 방 커튼 뒤에 아내가 있었지만, 무섭고 외로웠다. 아마도 부서질 수 있다는 느낌 때문에 그랬던 것 같다. 잠깐 함께했던 시간도 순간이 되고 부서질 수 있겠구나. 그토록 기다렸던 딸이 태어나고 있는 순간이었지만, 도리어 생의 마지막이 떠오르는 것은 이상한 일이었다.

나는 눈을 감고 간이의자에 앉아 주먹을 쥐고 있었다. 어떤 벌을 받는 느낌이 들었다. 영화처럼 시간을 거슬러 과거로 간다고 해도 이런 장면은 계속될 것 같았다. 그럼에도 나는 아내를 만날 것이고, 이런 장면이 계속해서 반복될 것 같았다. 따뜻한 구원자로서의 신이 아니라, 공의롭고 측량에 능한 설계자로서의 신이 지켜보는 느낌이 들었다. 이런 반복을 감당할 수 있느냐고 묻는 것 같은 느낌이 들었다.

어지러운 마음 가운데 문득 안정적인 어딘가에 닿고 싶었던 시절이 떠올랐다. 간절했으나, 세상의 문은 좁았고 나는 어디에도 편입되지 못했다. 짊어진 것이 없어 가벼웠지만, 되레 힘겨웠던 시간이 떠올랐다. 그것은 흐릿한 이미지를 보이며 느리게 지나갔다.

그러다 어느덧 아내를 처음 만난 짧은 순간이 선명해졌다. 그녀를 만나서 오랫동안 몰두했던 꿈도 접을 수 있었다. 왜냐하면 아내는 나의 실패를 이해하는 사람이었고, 이런 내가 온전하게 의지할 수 있는 유일한 사람이었기 때문이다. 그렇게 기대는 마음으로 우리의 관계를 시작했던 순간이 떠올랐다. 눈을 감은 채 해산을 기다리는 동안 그런 이미지가 반복해서 교차했다.

시간이 얼마나 흘렀을까. 갑자기 아기 울음소리가 들렸다. 높고 날카로운 음이었다. 이어서 아내가 흐느끼는 소리도 들렸다. 간호사가 나를 부르는 소리가 들렸고 나는 얼떨결에 가위를 들어 탯줄을 잘랐다. 그렇게 우리 삶에 서우가 들어왔다.

완전히 새로운 세상이었다. 둘이 살아갈 때와는 모든 것이 달랐다. 부지런해야 했다. 아기를 먹이고 씻기고 입히는 일은 끝이 있는 일이 아니라 반복되는 일이었다. 당연히 여유도 줄었고, 시간은 느린 듯 빠른 듯 알 수 없는 리듬을 타면서 흘렀다. 마음 놓고 쉰다는 것은 불가능한 일이 되었지만, 나에게 닿아 있으면 울지 않는 아기를 돌보는 것은 세상에서 경험하지 못한 일이었다.

암호 같은 울음과 몸짓을 해석하면서 하루하루를 보내는 것은 진이 빠지는 일이었다. 그래도 누군가 아기 키우는 것이 어떠냐고 물으면 환하게 웃으면서 좋다고 대답했는데, 그 이유를 모르겠다. 그냥 어디에 있든 아기를 생각하면 작약처럼 웃음이 피어나던 시절이었다.

첫째가 태어나기 직전 큰마음 먹고 원룸에서 아파트로 이사를 했다. 갑자기 빚이 많이 늘었지만, 그래도 뭔가 내가 이루었다는 느낌이 들기도 했다. 칭얼거리는 아이에게 '비행기'를 태워주면서 나에게도 낯선 공간을 함께 돌아다녔다. 이곳저곳을 다니면 서우는 흡족한 듯 금세 헤죽거렸다. 걱정이든 하루의 피곤이든 그것으로 다 괜찮아지는 시절이었다.

이전에 살던 사람이 주방에 붙여놓은 데코스티커가 그대로 있었다. 고양이, 나비, 코끼리, 꽃, 발자국. 하나하나 이름을 천천히 발음하면서 손가락으로 짚었다. 때로는 어설픈 동화를 지어서 속삭였다. 이해하지 못할 것을 알지만, 그래도 그런 밤을 오래도록 지나왔다.

언제부터 아빠다운 마음이 조금씩 생겼는지 모르겠다. 다만 아이는 언제나 딱 맞게 안겼다. 어설프게 안아도 어쩌면 이렇게 딱 맞게 안길 수가 있을까 싶었다. 나의 준비됨과 무관하게 내 존재를 원하는 듯했다. 그렇게 시간이 흘러 딸이 무거워져도 언제나 견딜 수 있는 사람이 될 것 같은 생각이 들었다. 어쩌면 내가 의지하는 무게 중심처럼 느껴지기도 했다.

시간이 지나서 더 무거워지고 내가 늙어가면 어느 순간 툭 부러질까? 그럴 리 없다고 생각한다. 내가 어떤 아빠의 모습이든, 어떤 부족한 모습을 보이든, 딱 안겨서 괜찮다고 웃고 있으니, 그럴 리가 없다. 오히려 그 무게 덕분에 세상에서 이탈하지 않고 살아간다. 나에게 의지하는 더 약한 존재가 있어서 반복되는 일상을 견딘다. 특별하지 않은 보통의 성실을 유지한다. 불안을 숨기고 어떤 괜찮은 마음을 고르고 또 고른다. 눌려서 활자가 새겨지는 것처럼 살아간다.

미안한 마음을 다져서

요즘 우리 카페는 오전에 조용하다. 한창 잘될 때는 점심 먹을 때까지 한 번도 못 앉는 날도 있었는데, 요즘은 책을 제법 읽는다. 글 읽는 속도가 느린 편이라 진도가 쭉쭉 나가지는 않지만, 그래도 평소에 학습지처럼 쟁여놓았던 책들을 하나씩 완독하고 있다. 《대한민국 부모》, 《월든》도 다시 읽기 시작했다. 생각이 많아질 것 같아서 미루었던, 잔잔해서 다음 장으로 넘어가지 못했던 책들을 다시 꺼내 들었다. 그런 여유가 생겨버린 요즘이다.

아무래도 외부적으로는 가까운 곳에 같은 시간에 오픈하는 카페가 생겨서 그렇지 싶다. 또, 제법 떨어진 곳이긴 하지만, 규모가 큰 복층 구조의 카페가 생긴 것으로 알고 있다. 가보진 않앗지만 SNS를 보면 대략 알 수 있다. 고정된 공간은 익숙해지고 이내 물리기 때문에 당연한 수순이 아닐까 싶기도 하다. 그럼에도 내부적으로는 어떤 원인이 있을까 고민을 하고 있다. 의자가 불편해서 그런가, 아니면 사이드 메뉴가 별로 없어서 그런가, 아니면 내가 요즘 표정이 좋지 않아서 그런가, 이런저런 생각을 하면서 시간을 보낸다.

고민이 밖을 향하게 되면 한없이 뻗어 나간다. 때문에 카페에서는 휴대폰을 흑백 모드로 해놓는다. 그러면 SNS를 통해서 염탐하는 세상이 크레마가 사라진 에스프레소처럼 보인다. 해서, 그 세상은 덜 빛나고 내가 앉아 있는 이 오래된 공간이 덜 초라해 보인다고 해야 할까. 애처로운 자기만족이긴 하지만, 덕분에 차분해질 수 있으므로 그렇게 한다.

손님이 뜸한 시간이 오후까지 이어지면 마음을 비우고자 직원들과 교대로 스태프실에서 쉬기도 한다. 스태프실에는 접이식 침대가 있어서 잠깐씩 누울 수 있다. 바 안에도 의자가 있지만 다른 사람의 시선이 닿지 않는 곳에서 쉬는 것과 그렇지 않은 곳에서 쉬는 것은 꽤 차이가 난다. 허리 부분이 꺼져 있고 베개는 없지만, 누우면 제법 편안한 느낌이 든다.

나는 낮은 천장 아래에 신발을 벗고 눕는다. 그리고 눈을 감고 발가락 끝부터 천천히 이완되고 있다는 상상을 한다. 꼴이 조금 우습긴 하지만, 내가 여기서 벗어나 점점 하늘로 올라가는 모습을 그리기도 한다. 작게 들리는 음악 소리에 몸을 맡기고 한 20분쯤 눈을 감고 있는다. 어떤 날은 그러다가 잠이 드는데, 순간적으로 차단기가 내려가는 느낌이 든다. 짧게 자고 나서 쉬는 시간이 지났다는 알람을 듣고 일어난다. 그런 시간을 보내고 나면 몸이 개운해지고 기분이 거기에 맞춰진 듯 괜찮아진다.

이렇게 내 마음을 추스르지만, 직원들의 마음은 또 어떻게 추슬러야 할지 잘 모르겠다. 한 시간의 쉬는 시간을 주더라도 그 마음이 나와 같지 않을 것이 분명하다. 변변치 않은 월급을 받고 일하는 그들은 나보다 더 큰 불안 속에서 살고 있을지도 모를 일이다. 요즘 같은 불경기에는 그런 걱정을 지우기가 어렵다. 매장이 바빠지면 직원들을 피곤하게 만드는 것 같아 내가 미안하더니, 바쁘지 않으면 그들이 안절부절못한다. 그런 마음을 알게 모르게 주고받는다.

한편으로는 각자가 조금씩 미안한 마음을 가지고 사는 것도 괜찮겠다는 생각이 든다. 시간과 월급으로 심플하게 맺어진 관계보다는 단단하지 싶다. 같은 공간에서 오래가기 위해서는 어쩌면 그런 시간이 필요한 것 같기도 하다. 마치 부부관계가 그런 것처럼 말이다.

돌이켜보면 지금보다 돈을 잘 벌었기에 생각 없이 당당했던 시절에는, 아내와의 관계가 오히려 삐거덕거렸던 것 같기도 하다. 밤늦게 들어가도, 주말에 쉬지 않고 일을 하더라도, 월급을 여유 있게 가져다주니까 괜찮다고 여기던 시절이 있었다. 그렇다고 해봐야 외식을 지금보다 자주 하고 쇼핑을 조금 더 여유 있게 하는 정도였지만, 왜 그런 마음이 들었는지 모르겠다. 그때 나는 그 정도의 남편이었기 때문에, 그런 식으로 뻔뻔하게 돈만 열심히 벌면 된다고 생각했다. 아내에게 미안한 줄 몰랐던 시절이 있었다.

그러다 그 일이 있었다. 어느 추운 새벽에 울고 있는 아이를 달래다 지친 아내가 나에게 낯선 사람처럼 화를 낸 적이 있었다. 아이를 왜 그렇게 대하느냐고 물었던 내 말이 화근이었다.

아내는 산책하러 나간다고 달 없는 밤에 나갔고, 나는 불 꺼진 거실에 서서 오래도록 기다렸다. 울고 있는 아기가 그때 나에게 안겨 있었는지, 침대에 누워서 서럽게 울고 있었는지는 정확히 기억나지 않는다. 다만, 숨을 쉬기에 공기가 탁하게 느껴졌다는 것, 집이 빙글빙글 돌고 있는 것처럼 어지러웠던 감각만은 남아 있다. 아내가 돌아오기까지 긴 시간은 아니었지만, 그렇게 긴 시간을 경험한 것은 인생에서 손꼽히는 일이지 싶다. 그런 벌이 있을까 싶었다.

그런 일이 없었다면 나는 바뀌지 않았을 것 같다는 생각도 든다. 그 사건을 계기로 조금 덜 벌지만, 그래도 일주일에 이틀은 쉬는 남편이 되기 위해서 애를 썼다. 조금 더 쉬는 만큼 조금은 미안한 마음을 가지고 있는 남편이자 사장이 되었다. 집안 경제에 그다지 큰 도움을 주지 못하기 때문에 미안한 남편이고, 부재중이지만 동일한 커피 맛과 친절을 강조하기 때문에 미안한 사장이 되었다.

때문에 이런 비수기도 썩 의미가 있다고 생각한다. 다짐의 순간이기 때문이다. 사람의 마음은 허물어지기도 하지만, 반복된 다져짐은 나름의 지속성을 보장하기 때문이다. 서로 주고받는 미안함이 적당히 다져져서 애틋함으로 자라나길 바란다. 서로에 대한 애틋함이 있다면 충실할 것이고, 먹고사는 데 큰 문제가 생기지는 않을 것이라 믿는다.

그렇게 뻔뻔한 마음으로 손님을 기다린다. 손님이 오면, 핫플레이스가 있는데 여기를 찾아와 주셨군요, 이렇게 의자가 불편하고 삐거덕거리는데, 사이드 메뉴라고는 정말 형편없는데, 그런 말을 속으로 중얼거리게 된다. 그렇다면 내가 줄 수 있는 마음은 무엇이 있을까 고르고 고른다. 그렇게 조금은 미안한 마음으로 손님을 맞이한다.

진심을 다하면 떳떳하다

카페는 공휴일에도 아침 7시에 오픈한다. 커피의 본질은 깨우는 것이고, 작은 마을에도 그것이 필요한 사람들이 존재한다고 믿기 때문에 그 시간을 고집하는 편이다. 손님이 많고 적음은 나의 정성을 떠나 하루의 운이지만, 오픈 시간을 지키는 것이 나에게 주어진 소명이라고 생각한다. 그리고 오전 11시 45분까지는 무조건 혼자 일을 한다. 다른 시간에 인건비를 넉넉하게 지불하기 위해서 그렇게 한다.

귀 기울여 주문을 받고 커피를 내린다. 음미할 가치가 있는 한잔을 위해서 최선을 다한다. 서빙하고 테이블을 닦고 설거지를 하는 모든 과정을 혼자 감당한다. 내 책임에 충실히 복무한다. 분업하는 오후 시간보다 조금 더 고되지만, 아침에 더 활기차게 일을 하는 편이다. 모든 책임이 나의 것이고, 고된 만큼 자긍심이 차오르기 때문이다.

커피를 내리면서 신경을 많이 쓰는 것은 추출 수율이다. 추출 수율이 높으면 한잔의 완성된 커피에 원두의 성분이 많은 것을 의미하고, 추출 수율이 낮으면 반대로 원두의 성분이 적은 것을 의미한다. 언뜻 생각할 때는 성분이 많아야 좋을 것 같기도 하지만, 실제로는 그렇지 않다. 왜냐하면 추출 수율이 낮을 때는 물에 녹는 성분만 나오지만, 수율을 높일수록 물에 녹지 않는 성분도 나온다. 그렇게 되면 카페인의 함량은 높지만 커피의 목넘김이 거칠어질 수 있다.

아메리카노의 맛을 결정하는 것은 각 원두가 가진 특징적인 맛도 있지만, 뽑는 사람이 결정하는 지점이 있다는 점이 전문가 의식을 가지게 만든다. 원두가 가진 풍미를 과하지도 않고 부족하지도 않게 뽑아야 한다. 과하면 텁텁하고, 부족하면 밋밋하다. 적당한 지점을 찾아야 마시는 사람이 생두의 여정을 상상할 수 있고, 식어도 맛있는 커피가 완성된다.

더 흥미로운 것은, 이것이 손님에게는 보이지 않는 곳에서 결정된다는 점이다. 한잔의 커피를 만들고 다음 커피를 만드는 사이에 그것이 정해진다. 원두 가루가 담길 곳과 뜨거운 물이 나오는 곳은 완벽하게 깨끗해야만 한다. 이 부분은 커피를 내리는 사람만이 확인할 수 있다. 원두를 가는 그라인더의 날도 변화하는 상황에 따라서 조금씩 조절을 해야 한다. 바리스타의 자존감도 보이지 않는 영역에서 결정된다는 점이 흥미롭다.

11시 45분부터는 둘이서 일한다. 그때부터는 손님보다 함께 일하는 사람에 대한 배려를 더 염두에 둔다. 나이를 떠나서 서로 최대치의 높임말을 써야 한다고 생각한다. 그리고 귀 기울여 들을 것, 함께 일을 하고 같이 앉을 것. 이런 것들이 내부에서 강조되는 배려의 원칙이다. 최종 감독은 자신의 몫이지만 행하면 인간성이 회복되는 것 같다. 그런 룰을 바닥에 깔고 십 년째 카페가 움직이고 있다. 떳떳하게 일한 날은 카페에서 얻은 피로감이 훈장 같다. 피곤함이 걷히고 맑은 얼굴로 카페를 나서는 손님들의 얼굴을 보면서 작은 동네에 약간의 기여를 하고 있음을 느낀다.

사실 나는 한동안 시대가 나라는 존재를 필요치 않는다고 생각했었다. 이런 식의 멜랑콜리는 IMF 사태 전후에 대학에 입학한 사람들에게는 특별하지 않은 감상이다.

미디어로 보이는 환상과 현실의 간극은 넓어지고, 들어갈 수 있는 직장의 문은 점점 좁아지는. 그럼에도 불구하고 자기계발 서적에서 말하듯이 꿈과 열정을 가져야 할 것 같고, 노랫말처럼 방황도 해보고 싶은. 한국은 떠나야만 하는 곳이고, 외국으로 여행이라도 가야지 조금이나마 힐링이 되는 것 같은. 투자해야 돈을 버는데, 투잡을 해도 돈이 안 모이는. 세계 전체는 화려한 조화고, 낭만적인 사랑만 생화처럼 시들어버리는.

단골손님은 알고 있겠지만, 내 꿈은 원래 교사였다. 《시크릿》도 읽고 명상도 즐겨 하고 공부도 많이 했는데, 계속 떨어졌다. 떨어진 다음 날부터 다음 해 임용시험을 준비했는데, 낙방했다. 그것을 여러 차례 반복했다. 아내와 함께 살고 싶어서 커피를 배우고 빚을 내서 카페를 시작했다.

처음 시작할 때는 상호(좋아서 하는 카페) 앞에 아내 이름이 숨겨져 있었는데, 어느새 두 딸의 이름이 더 붙었다. 처음부터 적극적으로 육아에 참여하지는 못했다고 고백한다. 예전에는 일요일에도 일했고, 주 6일을 일했다. 얼마를 벌든 괜찮은 남편은 아니었다. 아빠로서 존재감도 적었다. 나의 존재를 대부분 카페에서 녹이던 시절이었다.

주 5일을 일하는 요즘도 늘 녹초가 되어 들어간다. 그래도 들어서면 두 딸이 강아지처럼 반긴다. 우리가 정면으로 마주한 세월 덕이다. 완벽한 아빠의 모습은 아니었으므로 부딪치거나 상처를 주기도 했다. 그래서 도리어 서로가 서로에게 녹아들었다.

그런 시간 덕분에 거실에 들어서면 땀 냄새가 나는 내 주위를 서우와 온이가 빙글빙글 돈다. 아이들이 아빠라고 연거푸 불러주어서 내가 그렇게 되어버린 것일까. 공전하는 두 딸을 보면서 나는 힘을 얻는다. 내가 중심이 되는 삶을 상상하기도 한다.

퇴근한 뒤 짧은 밤은 실로 한 줌의 시간이다. 자식을 안을 수 있고, 서로의 존재를 느낄 수 있는 소중한 시간이다. 나는 논둑을 세우듯이 아이와 이야기를 주고받고, 아내의 마음을 다독인다. 일하면서 길러낸 이야기를 가족에게 들려준다. 아내도 두 딸도 각자의 이야기를 풀어놓는다.

그 울타리 안에서 두 딸이 오늘도 울고 웃고, 지지고 볶는다. 자식 농사를 짓는다.

사회에서 우리의 자리는 언제나 대체될 수 있다. 어디까지나 하나의 부속품이라는 느낌을 지우기 어렵다. 하지만 아빠의 자리는 아니다. 나만의 몫이다. 내가 자신을 배신하기 전까지, 어린 두 딸이 목을 빼고 기다리고 있다. 그것에 정면으로 응할 때 마음에 보람과 언어가 쌓인다. 그것은 먼 훗날 우리 부부의 안줏거리가 되겠지.

불안한 세상에서 우리가 잘 해낼 수 있을까 걱정했지만, 그런대로 부모 노릇을 하고 있다고 생각한다. 나는 스케치북에 종종 그려지고 있고, 가끔은 어설픈 노랫말의 가사가 되기도 한다.

운이 따라주었다. 이런 딸들을 준 하늘이 고맙다. 아내와 나는 그런 마음으로 같은 이불을 덮고 손을 잡는다.

바리스타 십 년 차 오른손이 고장나버렸고 늘 손목 보호대를 차고 다닌다. 그래도 이제는 방망이 깎는 노인처럼 자부심을 품고 커피를 내린다. 요령 피우지 않고 정성을 다한다. 이 단순한 반복을 감내할 수 있으면 아내에게 적은 돈이나마 가져다주면서 늙어갈 수 있지 않을까 싶다.

다만 나만 알 수 있는 영역에서 깨끗함을 끝까지 지켜내는 사람이 되고 싶다. 그렇게 된다면 지난 하루를 돌아보는 것이 기꺼운 일이 될 것이다. 그러면 가끔 적절한 농도를 가진 글을 쓸 수도 있겠지. 그런 삶이 이어진다면 좋겠다. 아침에 커피 한잔을 마실 때의 느낌처럼 더 바랄 것이 없다고 느낄 것 같다.

나 혼자만 애쓴다고 느끼지 않도록

카페 문을 열자마자 여자 손님이 카페에 들어왔다. 평소에는 한낮에 오는데 오늘은 특별한 방문이었다. 아무래도 밤을 지새운 모양새였다. 눈동자는 빛나지만 눈 밑이 어두웠다. 그녀는 들어오자마자 바 앞 의자에 걸터앉았다. 그리고 빠르게 커피를 주문했다. 허니라떼와 도피오였다.

　나는 마른 포터 필터를 글라인더에 밀어넣었다. 낮고 빠른 모터 소리가 났다. 이어서 분쇄 아로마가 은은하게 퍼졌다. 정리되지 않은 원두를 살짝 모아주고, 탬퍼로 꾹 눌렀다. 최대한 간결하고 재빠르게 동작을 취하려고 애를 썼다. 그리고 소음이 들리지 않도록 그룹 헤드에 장착하고 추출 버튼을 눌렀다. 익숙한 펌프 소리가 머신에서 흘러나왔다.

예령 엄마 세미는 갓 내린 커피를 한 모금 마셨다. 미간이 조금 넓어지는 것이 보였다. 그리고 나에게 조곤조곤 이야기했다.

"사장님, 어제 예령이가 몇 시에 깬 줄 아세요?"

단골손님의 아기는 새벽 두 시에 깼고, 그녀는 서늘한 달을 밤새워 지켜본 모양이었다. 나는 특별히 해줄 수 있는 말이 없었다. 그저 약간의 감탄사를 넣으며, 영업 준비에 분주할 뿐이었다. 지난밤에 쌓인 마음이 많은지 한동안 그녀는 커피 마시랴 이야기하랴 바빴다. 잠시 뒤 알람이 울렸고, 그녀는 얼른 자리에서 일어나 밖으로 뛰어나갔다. 아마도 남편의 출근 시간이지 싶었다.

나도 그랬던 시절이 있었다. 지독하게 무심했던 시절이었다. 아내가 온전히 밤을 희생한 날이 많았다. 같은 방에서 세 식구가 살았지만, 나 모르게 아내만 그토록 큰 희생을 했다. 만약에 둘째가 태어나지 않았다면 나는 아이를 돌보며 지새우는 밤을 영원히 경험하지 못했을 것이다.

둘째 온이가 태어나니 내 역할이 늘었다. 연년생에 가까운 두 딸이 함께 깨는 날이면 일이 아주 어려웠다. 파도가 연이어 치는 것처럼 울음이 울음을 불렀고, 잠은 증발했다. 더 이상 일찍 출근한다는 것을 핑계 삼아 의무를 피할 수가 없었다. 둘째가 집으로 온 날부터 제대로 된 아빠의 역할을 배우기 시작했다.

아내가 온이의 수유를 끝내면 나는 서우가 깨지 않게 아이를 안고 거실로 나왔다. 일단 트림을 시켜야 했다. 따뜻한 물주머니 같은 아이의 작은 등을 문질렀다.

속으로 기도를 했다. '빨리 트림해야지, 온아.' 소화되었다는 신호를 들으면 다음 순서는 재우는 것이었다. 이것이 더 어려웠다. 손목도 아팠고 아이는 갈수록 무거워졌다. 통통해진 아이가 잠에 빠져서 스르륵 흘러내리려고 하니 더 힘들어졌다.

처음에는 서서 토닥토닥하다가 나중에는 소파에 뒤로 기대어 아이를 가슴에 올리고 타닥타닥했다. 대부분 내가 먼저 잠들어 버렸다. 그런 생활을 한 일 년 정도 했다.

잠결에 내가 웅얼거리면 작은 생명도 뭐라고 한다. 아이가 칭얼거리면 내 입은 불수의근이 된다. 뭐라고 하면 나도 중얼거린다. 아마도 "온아, 이제 자야지." 이런 멘트였을 거다. 자면서 그게 느껴졌다.

거의 매일 지새우는 것, 거의 매일 단속적인 취침을 하는 것은 누구에게나 힘든 일이다. 출산의 상흔이 남은 아내에게도, 하루하루 돈벌이가 걱정인 남편에게도 힘든 일이다. 그림 같은 삶이 이어질 것이라 믿었는데, 현실에서 오는 또 다른 걱정이 더해지면 극심한 우울감이 들기도 한다. 무엇인가 터져 나오고 무엇인가는 쪼그라든다. 이 모든 것이 빨리 지나가 버렸으면 하는 바람이 생긴다.

그럼에도 자라는 아이들을 보고 있노라면, 작아지거나 쪼그라드는 것은 사랑이 아니라는 것을 알게 된다. 오히려 우리의 정성을 먹고 점점 어여뻐지는 아기를 보면서, 그 존재가 소녀가 되고 소년이 되는 모습을 먹먹한 심정으로 바라보면서, 두 사람의 사랑도 깊어지고 있음을 알게 된다. 오랜 연인은 늙어 가지만, 더 애틋한 마음을 품게 된다는 사실을 알게 된다. 다만, 같은 마음으로 키우는 것이 중요한 일이지 싶다. 혼자만 애를 쓰는 것이 아니라 함께 울고 웃으며 보내는 시간이 중요하지 싶다.

그런 시간이 쌓여갈 때 전혀 새로운 길이 생긴다. 그 길은 지새우던 어떤 새벽의 시간처럼 느리게 뻗어가지만, 그 길을 따라서 막막했던 삶이 조금씩 이어진다.

*

두 딸은 이제 조금 자라서 긴 잠을 잔다. 올해 일곱 살 된 첫째 딸은 밤중에 오줌이 마려우면 앉아서 나를 조심스럽게 흔든다. 서우는 미안한지 먼저 말을 못 꺼내는 착한 소녀가 되었다. 나는 "쉬하고 싶어, 딸?"하고 물어본다.

그런 차분한 대화가 익숙해진 우리를 보면 육아의 시간이 끝나고 있음을 느낀다. 이제 다시 오지 않을 이런 순간이 고맙다. 메마른 어른의 손을 잡은 촉촉한 어린 손이 꿈같을 때도 있다.

두 딸은 가까운 미래에 어른의 시간 속에 온전히 편입될 터이다. 고된 낮을 견디고 안온한 밤을 기다리는 삶. 그런 생각을 할 때 지난날이 후회된다. 동이 트면 더 따뜻한 아빠가 되어야지 다짐도 한다.

요즘은 아기를 많이 낳지 않는다. 미래가 불안하고, 스스로 몸을 가누기에도 힘이 들기 때문이다. 도리어 서로를 사랑하기 때문에 고생시키지 않기 위해서 피임한다. 결혼을 생각하면 나의 짐을 나누어야 하는 반려자의 등이, 부모가 되려 하면 자식이 짊어져야 할 짐이 보이기 마련이다. 슬프지만 그런 것 같다. 그러나 육아의 밤을 통해 자식이 살아갈 세상을 고민한다면, 그것은 세상 전체를 위한 일이 되지 않을까 싶기도 하다. 그런 시간은 실제로 더 인간다운 생각을 하게 만드는 각성제가 된다. 더 인간적인 미래를 만드는 데 관심이 생기기 때문이다.

밀물과 썰물처럼 밤은 가고 새벽이 온다. 그 속에서 울음과 다독임이 파도처럼 이어지고, 아기는 느리게 자란다. 아주 길었던 어떤 밤의 경험은 더 오랜 시간을 살아낸 느낌이다. 그래서 나는 이른 아침에 하루를 시작하기 위해서 카페에 오는 사람을 만나면 경외심이 생긴다. 피곤한 눈빛은 수줍게 반짝이는 샛별처럼 보이기도 한다. 이것은 어떤 시간을 애써 살았고 깊어졌다는 증거 같다. 그것을 보면서 고된 육아와 수면 부족이 꼭 무기력과 우울로 수렴되지는 않음을 짐작한다.

어느덧 저녁밥이 익어갈 시간이다. 나와 비슷한 나이의 남자가 종이잔에 아메리카노를 주문한다. 그가 길 건너편으로 걸어간다. 흐르는 하천을 보며 커피를 마시는 둥근 등이 보인다. 그 모습이 보기에 좋다. 밤 커피를 마시는 남편이라. 보름달 같다.

선비 같은 바리스타의 하루

얼마 전부터 팔꿈치가 아팠다. 시간을 내어 손님이 운영하는 병원을 찾았다. 진한 아메리카노를 좋아하는 의사 선생님은 자주 뵙는데도 언제나 예의를 차린다. 엑스레이 사진을 보고 팔꿈치를 눌러보면서 안부를 물었다. 골프 엘보라고 진단을 내렸다. 나는 억울했다. 골프채를 잡은 적이 한 번도 없기 때문이다. 그런데 가만히 보면 포터 필터와 골프채 손잡이가 닮은 것 같기도 하다. 커피 찌꺼기를 제거하는 동작과 빠르게 반복하는 설거지가 원인이었다.

나는 컵 세척을 많이 하는 편이다. 식당을 운영하는 자영업자들은 나처럼 약간의 통증을 가지고 있다. 카페는 구조상 식기세척기를 둘 수도 없고, 양심상 고된 노동을 직원에게 전가하는 것도 용납되지 않는다. 그래서 이 사소한 문제를 해결해야만 하는 상황이다. 팔뚝에 압박 밴드를 차고 일을 하고 있지만, 일을 조금 쉬라는 이야기를 들으니 약간 두려워졌다. 맥이 살짝 풀리는 느낌이다.

살면서 문제가 없는 날은 없지 싶다. 봄은 그 자체로 찬란하지만, 꽃가루와 미세먼지가 걸린다. 밤이 훈훈해질 무렵이 되면 모기가 달려든다. 가을은 마음이 곡선을 그리고, 겨울은 손이 시려서 싫다. 계절의 순환처럼 삶도 그렇지 싶다.

안온한 날이 줄줄이 이어지는 경우는 드물다. 학창 시절에는 공부에 대한 압박이 문제, 백수일 때는 시간이 너무 많아서 괴롭고, 직장이 생기면 과한 업무에 치여서 이직과 퇴직을 바란다. 부모가 되면 응당 가족을 위해서 부지런히 움직여야 한다. 그러니 자연스럽게 피로가 쌓이고 때때로 잠이 부족하다. 그러다 어디가 아프거나 말 못 할 고민이 생기면 옛 시절이 그립기도 하다.

고등학교를 졸업하고, 나는 온전히 자유롭지는 않았지만 작은 울타리 안에서는 구속되지 않았다. 친구도 많았다. 불러주면 어디든 가고 술잔을 기울이면서 서로의 불안을 고백하던 시절도 있었다. 고독이 혼자만의 것이 아니어서 다행이라 생각했다. 제대하고 취업을 준비해야 하는 나이가 되면서 동기들은 뿔뿔이 흩어졌다.

머리가 좋고 스타크래프트를 제일 잘했던 영호는 신림동으로 들어가서 고시원 생활을 시작했고, 키 크고 잘생긴 민호는 가수의 꿈을 키우기 위해 작은 기획사에서 연습생 생활을 했다. 중간 즈음의 어설픈 나는 동생의 하숙집과 노량진을 오가며 지하철에서 교육학 책을 읽었다. 같은 서울 하늘 아래에 있었지만 만나기는 어려웠다. 꿈을 이루겠다고 약속을 했지만, 아직 문턱을 넘기에는 역부족이었다.

그러다 좋은 소식이 있었다. 우여곡절 끝에 연예인의 꿈을 접은 민호가 교환학생이 되어 미국으로 유학을 간다는 소식을 들었다. 한동안은 보고 싶어도 보지 못할 곳으로 가게 되었다. 그것이 서글프게 느껴졌고, 그날은 제법 많은 술을 마셨다. 완전히 취해서 종로 바닥에 누워버린 기억이 있다. 무슨 말을 주고받았는지는 기억이 없지만, 밤하늘의 별이 보고 싶었던 기억은 남아 있다.

어려서부터 별을 보는 것을 좋아했다. 그래서 첫째의 태명은 별이다. 우리 부부는 처음에 작은 원룸에 살았다. 다들 그렇게 시작하니까, 특별하지 않다. 하지만 그 시절에 주고받았던 믿음이 꿈처럼 느껴질 때가 있다. 왜냐하면 나는 불확실로 가득 찬

미래만 가지고 있었기 때문이다. 내가 선택할 수 있는 길은 없었고, 건실한 것은 몸밖에 없었다. 몸으로 일해서 돈을 벌고, 조금씩 집을 키워서 딸의 방을 만들어주는 것이 목표였다. 나는 목표에 집중했다. 아직도 이룬 것은 별것 없지만, 인간관계는 단정해졌다.

집과 카페와 산책로를 오가는 나를 보면서 어떤 손님은 선비 같다는 이야기를 하곤 한다. 직원들과 회식도 하지 않고, 카페에 출근하는 날은 담배도 술도 마시지 않는다. 결심이 누적되고 행동이 쌓인 결과다.

어떤 날은 유혹이 있기도 했다. 누군가 다른 삶을 제안하고 더 큰 수입을 제시하기도 했다. 그 사람의 눈을 보면서 고개를 끄덕거렸지만, 다행스럽게도 딸의 눈빛이 경고등처럼 마음에 떠올랐다.

서온이는 아침마다 묻는다. "아빠, 얼집 가요?" 어린이집 가는 날이냐고 묻는 것이다. 오늘도 둘째는 그 말을 하면서 나에게 굴러왔다. 나는 아이의 보드라운 몸을 꼭 안으면서 오늘은 아빠랑 놀자고 말했다.

얼마 전에 부산에 있는 모 백화점에서 자리를 제안했다. 고민을 했지만 결국 거절했다. 잘했다고 생각한다. 나는 아무리 바빠도 별빛은 보고 싶다. 별과 같은 두 딸과 시간을 보내야 나중에 후회가 없을 듯싶다. 주말에는 돈을 벌기보다는 여러 놀이터를 돌아다니고 싶다. 배 모양의 놀이터, 성 모양의 놀이터, 모래가 있는 놀이터.

어제는 초등학교 운동장에서 오랜 시간을 보냈다. 교정 구석의 작은 연못에서 개굴개굴 하는 소리가 연신 들렸다. 탁한 웅덩이를 바라보며 배시시 웃는 딸의 맑은 얼굴이 보였다. 그 웃음이 우리 부부의 뭉친 어깨를 풀어주었다. 서온이는 연애하는 개구리를 보며 어부바한다고 좋아하고 서우는 짝짓기하는 거라고 소리쳤다. 그렇게 시간을 보내고 점심은 분식집에서 우동이랑 라면으로 배를 채웠다.

또 걸었다. 오지 않은 여유로운 미래를 기다리며 살기는 싫다. 몇 년이 지나면 오늘이 저릿하게 그리우리라. 그저 함께 걷는 이 길에서 작은 것을 찾길 원할 뿐이다.

어느새 온이는 아내의 등에 업혔다. 돌아오는 길에 본 운동장에서 야구공이 허공에 곡선을 그리고 있었다. 떨어지는 별 같았다. 오늘따라 구름도 천천히 흘렀다. 고단했다. 그래서 잠시 벤치에 앉아 있다 가기로 했다.

먼 하늘을 한참 바라보았다. 아픈 팔을 뻗어 그리움, 이기, 욕심 같은 것을 구름 속에 살짝 넣을 수 있을까? 편서풍을 타고 구름이 동쪽으로 흘러간다. 바람 덕에 내 몸이 한결 가벼워졌다.

다짐하는 글쓰기

얼마 전에 어떤 귀인으로부터 언제부터 글을 쓰기 시작했느냐는 질문을 받았다. 진지한 물음이었고, 나는 잠시 고민에 빠졌다. 아마도 꾸준히 글을 쓴 것은 국민학교 시절 일기일 것 같기도 하다. 하지만 그것은 나의 순수한 의지가 아니었으므로 글쓰기를 했다고 하기는 어렵겠다. 고등학생 시절에도 교지 편집부를 했지만, 그것도 사실 흉내 내기였던 것 같다. 그때 썼던 몇 편의 긴 글은 머릿속에서 나온 문장이 아니라, 동기들과 함께 기사를 기획하고 그 이후에 무수히 읽었던 책을 오려 붙인 수준이었다.

순전히 나 자신의 의지로 쓴 글은 편지인 것 같다. 대학교에 들어가서 그리운 고향 친구들에게 써서 보냈던 편지, 처음으로 연애를 하면서 형체를 알 수 없는 감정을 더듬듯 써 내려간 몇 장의 편지가 나의 첫 글이 아닌가 싶다. 누군가에게 남길 목적으로 연속해서 글을 써 내려간 때는 군대 시절이었다.

누구나 그러하듯 군대는 나에게 완전히 고립되고 새로운 환경이었다. 생소한 규칙과 규율에 적응하면서도 내면에서는 다른 목소리가 선명하게 들리던 시절이었다. 지금은 이렇게 살지만, 자유를 찾으면 저렇게 살 것이라는 웅변 같은 굵은 음성이었다. 그 목소리에 귀를 기울이고 글을 썼던 기억이 있다.

내무실에서 불침번을 설 때 복도에서 들어오는 불빛에 의지해 책을 읽고, 후보생들이 간물대에 앉아서 야전 교범을 들여다보는 시간에 그 한가운데 책상에 앉아서 글을 쓰곤 했다. 당시 여자친구와는 이등병일 때 헤어졌기 때문에 마음 붙일 곳이 없었다. 해서 나는 미래의 아들에게 보내는 편지를 작은 수첩에 적었다. 특별한 내용은 없었다. 그저 하루 일과를 쓰기도 했다.

오늘은 어떤 훈련을 했고, 어떤 어려움이 있었고, 어떤 것은 두렵다고 고백했다. 그리고 때때로 나를 흔들었던 사건과 후회를 적었다. 그 뒤에 따라오는 어리숙한 판단들, 다가올 날들에 대한 다짐을 적었다. 그렇게 몇 권의 수첩에 꾸준히 기록했던 경험이 있다.

제대하고 나서는 태어나지 않은 아들에게 쓴 편지처럼 살려고 노력했다. 술을 끊고, 턱을 괴고 열람실에 앉아서 전공서를 요약하고, 빈 종이에 공부한 내용을 다시 적었다. 지금의 행동이 미래를 만든다고 생각했던 것 같다. 도서관과 강의실만 오가는 나에게 선배들이 곱지 않은 시선을 보낸 것도 기억한다. 나는 아랑곳하지 않았는데 쌓아 놓은 다짐이 많았기 때문이지 싶다. 단체나 선배들의 시선보다는 지난 시절의 독백과 다짐이 더 중요하게 느껴졌다.

이렇게 살아갈 생각이니, 아들아 멀리서 잘 지켜보라고 수없이 많은 글을 남겨서 그렇지 싶었다. 덕분에 주변 사람들을 많이 떠나보내기는 했지만, 이십 대가 저물어 가도록 실패만 거듭했지만, 극심하게 좌절하지 않았던 것도 그 어리숙한 문장들 덕분이었다. 공회전하는 나의 형편에 대한 비관이 없지는 않았지만, 그래도 살 만했다. 어떤 작가의 말대로 한자리에 앉아서 한 줄도 쓰지 못하더라도 그 시간이 무의미하지 않은 것처럼, 성과 없는 나의 삶도 비슷하게 여겨졌다.

덕분에 비정규직 교사로 아등바등 살면서 지금의 아내를 만났다. 서른 넘어 반백수인 나를 아무도 쳐다보지 않을 때 아내를 만났다. 이제는 다 낡아 버린 전공 책과 오래된 등산 가방을 가지고 다녔지만, 새로운 다짐을 할 수 있어서 다행이었던 시절이었다. 그 시절도 글을 쓰면서 살았다.

동네 독서실에서, 내 소속이 아닌 대학교 열람실에서 공부하다가 답답한 마음이 들면 따로 공책을 정해 놓고 아내에게 보내는 글을 쓰곤 했다. 역시나 그 시절에도 내가 해줄 수 있는 게 거의 없었기 때문에 다짐을 적었다. 다가올 미래에 어떻게 하겠다, 지금은 그렇게 하지 못해서 미안하다, 이런 말을 반복해서 적었다. 그렇게 몇 권의 공책을 남겼다.

지금 읽어보면 결국 같은 말인데, 어찌되었든 당신만을 사랑하겠다, 정도가 될 것 같다. 살아보니 그런 다짐이 얼마나 위대한지 조금씩 깨닫게 된다. 우리가 가족이기 때문에 감당해야 하는 새로운 인간관계라든지, 자식이 자라면서 더해지는 경제적 부담이라든지, 일터에서 돌아와서 서로를 돌보느라 생기는 수고로움이 생각보다 무거울 때도 있었다. 그런 시간을 보내면서 진실로 알게 되었다. 과거에 했던 수많은 다짐을 끝까지 물고 늘어지는 것의 부부의 삶이고, 부모의 삶이라는 것을.

요즘도 가끔 어설픈 글을 쓰는 것도 조금 더 커진 사랑을 지키기 위해서이지 싶다. 매일 잠들기 전에 내일 아침의 알람을 확인하듯 글을 쓴다. 어떻게 당도했는지 모르겠지만, 이렇게 나를 믿고 있는 사람들의 사랑을 배신하지 않기 위해서 틈이 나면 새로운 단어와 문장을 떠올린다. 형식을 갖춘 글로 쓸 수 없는 다짐이라면 그것은 미약한 것이고 이내 시간에 침식되리라는 것을 예감하기 때문이다.

커피와 자부심

합격자가 발표되는 날은 언제나 허무하게 끝났다. 첫 번째 시험은 참을 만했는데, 두 번째 시험부터는 다시 시작하기가 어려웠다. 명단을 몇 번이나 재확인하면서 몸 안에 있던 무엇이 땅바닥에 쏟아지는 것 같았다.

하지만 도서관으로 바로 향했다. 나를 향한 기대가 그렇게 만들었다. 아무리 그래도 전공서를 다시 펴는 것은 무리였다. 열람실이 아닌 자료실로 향했다. 시험을 준비하는 기간에는 900번 대에 있는 책들만 보았지만, 시험에 떨어지고 며칠간은 800번 대에 있는 책을 보았다.

주로 단편소설 모음집이나 문학상 수상집을 보았다. 장편소설은 아무래도 호흡이 길어서 방황의 시간이 오래갈 수 있기 때문이었다. 최대한 빨리 마음을 잡아야 했다. 공부를 다시 시작하는 시점은 빠르면 빠를수록 좋았다. 짧은 소설은 상한 나의 마음이, 나의 좌절이 그렇게 큰 것이 아니라고 반복해서 속삭였다. 책 속에는 실패, 어긋난 사랑, 극한 갈등, 눈물이 흔했다. 그런 문장들 속에 한동안 빠져서 살면 다시 열람실에 가는 것이 가능해졌다. 진득하게 의자에 내 몸을 구겨 넣을 수 있었다. 그 시절부터 나는 책을 즐겨 읽게 되었다.

요즘도 소설을 가까이한다. 임용시험은 일 년에 한 번 보는 시험이지만, 자영업은 매일 성적표를 확인하는 환경이기 때문이다. 예전보다 크지는 않지만, 작은 좌절을 수시로 겪게 된다. 마치 비타민을 챙기듯이 책을 읽는다.

그래도 요즘은 원래부터 내 꿈이 바리스타였나, 싶은 날이 많다. 그만큼 내가 이 공간에 스며들어 있다고 느낀다. 이제는 아무리 바빠도 농담을 건넬 수 있는 여유가 생겼다. 무엇보다 손님의 눈을 보는 것이 편해졌다. 예전에는 그게 참 어려웠다.

처음에는 손님들과의 접점을 최대한 줄이고 싶었다. 인테리어 상담을 할 때, 내 말을 들은 담당자는 고개를 갸우뚱했다. 그렇게 해서 장사가 되겠냐고 말했다. 매장 전체의 관리를 위해서라도, 테이블의 순환율을 보장하기 위해서라도, 공간 전체를 조망할 수 있는 곳에서 커피를 만드는 것이 상식이라는 의견이었다. 다들 그렇게 한다고 했다. 하지만 나는 손님의 공간과 바리스타의 공간을 최대한 분리하고 싶다고 반복해서 요구했다. 카페는 그렇게 해서 조금은 독특한 구조를 가지게 되었다.

바는 성문처럼 입구에 버티고 서 있다. 바의 후면은 거친 벽돌로 완전히 막혀 있다. 주문하고 매장 안으로 들어가게 되면, 서로서로 볼 수 없는 구조다. 공간의 효율보다 분절에 중점을 두었다. 때문에 테이블은 평수에 비해 적다. 서가에 책이 가득 꽂혀 있어서 가게는 더 좁게 느껴진다. 그래도 손님으로서는 눈치 보지 않고 오래 머물러 있을 수 있는 장점이, 직원으로서는 커피를 만들지 않을 때 뭔가 개인적인 일을 할 수 있다는 장점이 있다.

애초에 나는 장사가 안 되면 바에 앉아서 임용시험을 준비할 요량이었다. 하지만 뜻대로 되지 않았다. 손님과의 만남이 나를 조금씩 커피 내리는 사람으로 만들었다.

아침 일곱 시는 열람실에 입실을 시작하는 시간이었다. 우리 카페도 같은 시각에 문을 열기로 했다. 처음에는 카페 문을 열어놓고 앉아 있으면 사람이 별로 오지 않았다. 그렇게 이른 시간에 손님이 있을 리 만무했다. 열한 시가 되도록 한 명도 오지 않은 날도 있었다. 그러면 나는 앉아서 교육학 책을 읽고, 지형학 책을 읽고, 마음이 고되면 소설을 읽었다.

그런데 어느 날부터 커피 한잔을 마시기 위해서 오는 사람들이 조금씩 생겼다. 그저 우연히 들른 경우가 많았고 반복적으로 찾는 일은 드물었다. 그러다 정해진 시간에 매일 오는 손님들도 조금씩 생겼는데, 그것도 우연이었다. 이 카페가 그들의 동선상에 있었기 때문이었다. 출근길에, 산책길에 커피를 찾는 이들은 하루에 대한 믿음으로 가득한 것처럼 보였다. 오가다 찾은 이 공간을 계속 찾아주었다.

피곤하지만 피하지 않고 끈기 있게 살아가야 하므로, 직장에서 조금 더 집중해야지 하는 마음으로, 낮잠이 절실하지만 아이를 돌봐야 하므로, 혹은 어떤 작은 의미라도 찾고자 하는 마음으로, 카페의 문을 열고 들어오는 눈빛은 식당을 찾는 사람과 조금은 다르게 보였다. 그렇게 읽혔다.

나는 원래 내향적인 사람이었고, 그저 훈련된 외향성을 가진 초보 사장이었지만, 그들의 반복된 기대를 저버릴 수 없었다. 왜냐하면 그들이 가진 삶에 대한 기대는 나의 무기력한 마음보다 성실했기 때문에.

초창기에는 인사만 주고받던 손님들이 오래 만날수록 날씨에 관해서 이야기하고, 바깥 풍경에 관해서 이야기하기 시작했다. 그리고 읽고 있는 책에 대해서, 건강에 대해서, 삶에 대해서 털어놓기도 했다. 그러면 나는 뭐랄까, 마음에 페이지가 쌓이는 느낌이 들었다. 따뜻한 부채감에 난생처음 느끼는 직업적 충만함을 느끼곤 했다. 아이가 생기고서 부성을 배운 것처럼, 카페를 오픈하고 나서 바리스타의 자부심을 조금씩 배워갔다.

카페의 벽면은 사진으로 가득하다. 처음에는 아내의 사진, 친한 벗들의 사진만 있었다. 지금은 손님들의 사진과 그들이 준 편지들이 붙어 있고, 우리 딸들과 단골손님의 아기들 사진이 무질서하게 붙어 있다.

오늘도 그곳에서 나는 커피를 내린다. 머그잔에 마음도 담으려고 노력한다. 그러면 그들도 대개 잔을 깨끗이 비운다. 잔의 얼룩을 깨끗이 씻으면 나의 근심도 어느 정도 없어지는 느낌이 든다. 물론 손님이 컴플레인을 하는 날도 있다. 별별 사건이 다 있다.

다만, 이제는 예전과 다르게 카페에서 생기는 관계를 기꺼이 받아들인다. 기쁨도 슬픔도 일단 적어둔다. 그것을 단편소설의 한 꼭지라고 생각하면 간단하다. 오르락내리락하는 감정선을 따라간다. 그러다가 찡하고 마음이 울리는 순간이 있다. 그런 문장이 며칠에 한 번씩은 나온다. 그것을 읽어내면 몸 안이 무엇으로 가득 차는 느낌이 든다. 그것을 품고 집으로 가는 날은 조금 더 따뜻한 아빠가 된다.

서우야, 아빠가 어제 이놈 해서 미안해. 온아, 아빠랑 자전거 타러 갈까, 하고 말한다. 글 모르는 두 딸도 아빠의 마음을 조금은 읽는다.

〔 2부 〕

———————

정성을 다한다는 것

딸들이 가르쳐준 순간의 소중함

휴일, 아내는 소파 아래에서 편안한 자세로 커피를 마신다. 서우는 찰흙 놀이를 하고, 온이는 창가에 앉아서 나무 블록으로 뭔가 만들고 있다. 나는 부유하는 먼지를 보면서 캔에 담긴 홍차를 마신다. 거실 바닥은 엉망으로 어질러져 있고, 창으로 햇살이 가득 들어온다. 텔레비전도 꺼져 있어서 고요하다. 5세, 7세 딸을 가진 부모에게 이런 티타임은 어느 정도 완벽에 가까운 순간이다. 주말에는 이런 순간을, 정말 순간이긴 하지만, 종종 즐길 수 있게 되었으니 어느 정도 숨통이 트이는 느낌이 든다.

　레스토랑에 앉아서 우아한 시간을 보내기는 아직 어렵다. 따뜻한 집밥이 건강하기는 하지만, 퇴근하고 나서는 나나 아내나 기운이 없으므로 가계의 여유가 있든 없든 일주일에 한두 번은

외식을 하는 편이다. 외식할 때는 어른이 교대로 빨리 먹고 아이도 동시에 먹을 수 있는 메뉴를 고르게 된다. 그래서 우리 가족은 닭칼국수 집 단골이 되었다.

없는 형편에 나름 마음먹고 하는 외식이지만, 두 아이와 밥을 먹다 보면 음미라는 것을 할 여유가 없다. 첫째도 혼자 먹는 것을 썩 잘하는 편은 아니다. 포크 숟가락으로 조금 먹다가 이내 손으로 돌아간다. 잔소리를 할까 하다가도 안 그래도 해야 할 말이 많아서 속으로 삼킨다. 둘째는 여기저기 묻히면서 먹기 전문가다. 어떻게 여기서 밥을 먹는데 저기까지 밥풀이 날아가 있고, 손자국은 또 전혀 예상치 못한 곳에 선명하게 찍혀 있는지 신기하다.

그렇다고 불만이 있는 것은 아니다. 아이들 덕이다. 안 먹어도 배가 부른 경지는 아니지만, 오물오물 삼키는 모습, 볼록해지는 볼살, 이어서 어떤 만족감을 표현하는 입매를 보면 뿌듯한 마음이 든다. 그 뿌듯한 마음을 어떻게 표현하면 좋을까, 내 고민 중 하나다.

내 옆에 첫째 서우가 자고, 서우 옆에 아내가 자고, 그 옆에 온이가 잔다. 아이들이 모두 잠들고 나면 간첩들이 접선하듯 우리는 자리를 바꿔서 잠깐 만난다. 그런 만남을 아이들은 아직 모른다.

아이가 태어나기 전에는 내일 뭐 할지, 가까운 휴일에는 뭘 할지를 이야기했다면, 두 딸이 태어난 뒤에는 오늘을 이야기하는 편이다. 서로의 육아 무용담을 들으면서 고생을 위로하고, 걱정을 나누는 시간이라고 해야 할까. 요즘 반복되는 화제는 아이의 성장이다. 덕분에 우리는 조금씩 여유가 생기고 있지만, 아내는 너무 빨리 크는 것 같아서 서운하다고 말한다. 듣고 보니 그런 것 같다.

얼마 전에 두 딸과 〈토이 스토리〉를 보았는데, 버려진 인형들을 보면서 두 딸보다 내가 더 많은 눈물을 흘렸다. 그러고 보니 올해 일곱 살 되는 서우에게 나는 이미 낡은 장난감이다. 어떤 날은 아빠보다 텔레비전을 더 좋아하고, 반복되는 놀이에 "또 그거 하는 거예요?"라고 말하기도 한다. 놀이터를 가더라도 이제는 나에게 온전히 의지하지 않는다.

고개를 두리번거리며 어울릴 만한 친구가 있는지 찾아본다. 그런 날이 점점 많아진다. 혼자가 되면 좋다가도 서운하다. 육아는 이런 양가적 감정의 연속이랄까. 어쨌든 나는 구석으로 간다. 의자가 있지만, 등을 기댈 수 없어 담이 있는 곳으로 간다. 거기서 깨끗해 보이는 곳을 손으로 털고 맨바닥에 앉는다. 체력을 비축하는 차원이다. 눈에 딸이 보였다가 보이지 않았다 하지만, 담으로 둘러쳐진 곳이라서 마음이 놓인다.

나는 주로 오래된 노래를 듣거나 하늘을 본다. 그러다 시간이 더 생기면 서울 사는 친구와 오랜만에 영상통화도 한다. 웹서핑도 한다. 휴대폰 화면을 밀어서 올리면 화려한 것들이 빠르게 어딘가로 넘어간다. 내가 검색했던 것을 바탕으로 보여지는 어떤 욕망이 빠르게 넘어간다. 나와 관련 있는 듯하지만 실상 필요하지도 않고 무관한 것들. 나는 한참 동안 눈을 떼지 못한다.

상념에 빠져 있는데, 딸이 터덜터덜 걸어온다. 눈물이 맺혀 있다. 넘어졌거나 뭔가 뜻대로 되지 않아서다. 달려가서 작은 공주를 안아주는데, 웃음이 나온다. 같이 울어주는 것이 좋을 텐데, 계속 미소가 비어져 나온다. 이런 나에게 서우는 웃지 말라고 타박을 준다. 아이와 함께 있을 때 이런 순간이 제법 있다. 팥소가 가득 들어 있는 작은 빵 같다. 조금 깨물었는데 비어져 나온다.

놀이터에서 나를 위한 시간을 너무 오랫동안 쓴 날은 미안하다. 그럴 때는 더 적극적으로 놀아준다. 종종 놀이터의 아이들을 모두 모아서 술래잡기를 한다. 초등학교 6학년부터 여섯 살까지 십오대 일로 술래잡기를 한 적도 있다. 나는 또 왕년에 현역, 지금은 민방위 아닌가. 최선을 다해서 뛰다 보면 심장이 울리고 기분도 같이 올라간다. 몸에 새겨져 있을 유년의 추억이 떠오른다. 이 순간도 그리움이 될 것 같은 직감이 든다.

그러고 보면 다시 못 올 여행 같은 일상이다. 부유하는 먼지 같은 감정들, 점점 낡아져가는 딸의 신발, 늘어가는 상처들을 그냥 흘려버리기는 아쉽다고 생각한다. 다시 볼 수 없는 풍경이 시간과 함께 지나갈 것이다. 다시는 만질 수 없는 시절이 지금도 과거로 넘어간다. 딸은 점점 자라고, 동선도 하염없이 넓어진다.

집으로 돌아오는 길. 지친 서우가 목말을 태워달라고 한다. 어깨 위에서 딸이 물어본다. "아빠, 안 힘들어?" 나는 괜찮다고 대답한다. 오늘 밖에서 재미있게 놀았으니까 집에 가면 동생한테 잘 해주라고 말하니, 서우가 "그럼요"라고 어른스럽게 대답한다. 머리 위에서 웃음이 내려왔는데, 뜬금없이 서글퍼진다. 눈물이 날 것 같다. 걸음이 집을 향하는 것이 아니라 미래를 향하는 것처럼 느껴지기 때문이다. 이 길이 좁아지고 더 길어졌으면 좋겠다.

가족이 죽을 때, 자신이 무척 아플 때, 우리는 삶의 유한성을 느낀다. 하지만 나는 작은 딸들을 보면서 오히려 순간의 소중함을 실감한다. 우리 부부는 늙어가지만, 아이들은 자라기 때문이다. 오늘 이만큼의 서우는 오늘로써 마지막이다.

거실에 들어서니 깨끗하고 조용하다. 드리웠던 햇살도 이제 없다. 온이와 아내는 낮잠을 자는 것 같다. 이것도 사소한 기적이다. 아직도 휴일. 서우가 심심하다며 뭔가 꺼내러 간다. 나는 포트에 물을 올린다. 커피 믹스를 마실 참이다. 잠이 오지만 커피가 더 좋을 것 같다.

마음 편히 쉬어 갈 수 있는

학부생 때는 카페에 거의 가질 않았다. 대학을 졸업하고 백수였던 시기에는 한 달에 한 번쯤 카페 외출을 즐겼다. 나는 아메리카노 한 잔을 시켜놓고 오래도록 앉아 있었다. 어묵 몇 개를 시켜놓고 국물이나 축내면서 소주를 마시는 사람처럼 죽치고 앉아서 매출에 별 도움 안 되는 손님 역할을 하던 시절이 있었다.

공부하는 사람이 왜 카페에서 그렇게 시간을 보내느냐고 할수도 있지만, 그때 내게는 그런 공간이 꼭 필요했다. 독서실이나 열람실에서 시간을 보내다 보면, 뭐랄까, 나라는 존재가 무척 희미해지는 느낌을 받았기 때문이다. 스스로 내는 소리도 조심해야 되는 공간에 오래도록 있으면 투명 인간이 되는 것 같았다. 그런 느낌을 지우기 위해서 하루하루 일기를 쓰기도 했고,

기도를 하기도 했다. 어떤 날은 그런 노력이 유효했지만, 또 다른 날에는 아무런 효과를 발휘하지 못했다.

그런 날은 번듯한 직장인처럼 차려 입고 근처 카페를 찾아가곤 했다. 돈이 늘 궁했지만, 평범한 사람들처럼 커피 한 잔 값을 아무렇지 않게 계산하면 기분이 썩 괜찮아졌다. 백수에게 커피 한 잔에 사천 원은 부담스러운 금액이지만, 나의 존재에 대한 비용이라고 여기면 마음이 편해졌다. 원시 시대에는 사냥하면서 존재를 확인하고, 우리가 살아가는 세상은 소비를 통해서 스스로 존재를 확인한다고 하지 않던가. 평범하게 살아가는 듯한 사람들이 내는 소음 속에 있으니 답답한 마음도 조금은 가시고 낯선 곳에 여행이라도 온 것처럼 숨통이 트이는 느낌이었다.

아쉬웠던 것은 카페에 들어서면 늘 바리스타의 시선 속에 내가 있었다는 점이다. 해서 하나의 카페에 단골이 되기는 어려웠다. 나는 유랑하는 사람처럼 이 카페 저 카페를 전전하곤 했다. 때문에 창업을 결정하고 공간을 디자인할 때 완전히 은폐된 장소를 만들어야지, 하고 생각했었다. 그렇게 만들어진 곳이 '안방'이다. 이른바 그 시절의 나에게 헌정하는 자리라고 볼 수 있다. 그 시절의 나처럼 마음껏 머물고 싶은 사람이 있을 것도 같아서, 사람의 위로가 그리운 사람이 있을 것도 같아서, 그런 공간을 마련했다.

안방에는 신발을 벗고 들어가야 하고, 사방이 벽으로 둘러쳐져 있다. 추운 계절을 대비해서 바닥에는 전기온돌도 설치했다. 실제로 그곳을 즐겨 찾는 손님은 갓난아기를 둔 주부들이다. 아마도 아기를 바닥에서 놀게 하고 이야기를 나누기에 편하기 때문에, 행여 아기가 울거나 칭얼거려도 다른 사람의 시선이 보이지 않아서 그 공간을 좋아하는 모양이다. 엊그제도 어린이집 자체 휴강으로 예상되는 아이와 단골손님이 제법 긴 시간 그 자리에 머물렀다.

코로나 시대 이전에는 산후조리원 동기들이 모이는 장소로 애용되기도 했고, 종종 과거의 나처럼 임용시험을 준비하는 사람들이 스터디를 하기도 했고, 동영상 강의를 함께 보기 위해서 오기도 했다. 때때로 풋풋한 연인들이 서로에게 집중하기 위해서 꽤 오래도록 머물다 가기도 했다. 그렇게 마음 놓고 편히 머물다 가는 손님이 늘어날수록 든든한 기분이 들었다. 이 공간이 어떤 안식처와 같은 장소가 되어 간다는 느낌이 들었기 때문이다.

이 카페가 누군가에게 그런 공간이 된다는 것은 큰 보람을 준다. 실제로 얼마 전에 우리 카페를 방문한 손님이 SNS에 "친정 같은 커피숍"이라는 포스팅을 올렸다. 그 후기는 나에게 깊은 위로를 주었다. 나는 너무나도 감사해서 어떻게 갚아야 할지 꽤 오랫동안 고민을 했다. 장사하면서 매출보다 신경 써야 하는 것은 그런 지점이 아닐까 싶기도 하다. 하루하루 매출에 신경을 쓰는 것이 자영업자의 숙명 같기도 하지만, 그런 욕심을 버리고 편안한 휴식 같은 공간을 꾸려 나가는 것이 숙제가 아닐까 싶다.

무덥고 한가한 오후, 카페 앞을 무심하게 흐르는 하천을 바라본다. 작은 하천이지만 자세히 보면 물이 부서지면서 흐르는 '여울'이 있고, 물이 모여서 어느 정도의 수심을 이루는 '소'도 있다. 그것이 반복된다. 세상의 스포트라이트를 받으면서 반짝이는 카페는 '여울'이라고 여겨지고, 우리 카페처럼 오래되어 때때로 한적한 곳은 '소'라고 여겨진다. 그곳은 화려하지는 않지만 평화로운 수면 위에 달래고 싶은 근심을 몰래 내려놓고 오기에 적합하게 느껴진다. 수초가 무성해서 보이지 않으므로 사랑을 나누기에도 좋을 것 같다.

예전에 나는 커피 한 잔 값이 아까워서 서러웠는데, 지금은 고마운 마음을 갖기 위해서 커피 한 잔쯤은 기꺼이 내어드릴 수 있는 사람이 되었다. 꽤 성공한 삶이 아닌가 싶은 것이다.

아무쪼록 카페에 들른 손님들이 커피 한 잔의 값이 아깝지 않을 정도로 충분히 누리다 갔으면 한다. 그동안 누구에게도 털어놓을 수 없었던 고민을 이곳에 내려놓고 갔으면 한다. 그렇게 된다면 밖에서 보았을 때, 우리 카페에는 사람들이 가득해 보이니 무엇인가 있을 것 같고, 커피 맛이 좋아서 그렇다는 풍문이 돌 것 같기도 하다. 그러면 언젠가 또 손님이 다시 찾고, 나는 커피를 내리고, 그렇게 살아지지 않을까 싶다.

작고 오래된 카페가
매력적인 곳이 되려면

덥다. 뉴스에서 몇 년 만의 폭염이라고 명명하지 않아도 매년 여름은 당황스러운 감각적 경험을 제공한다. 습도와 온도 덕분에 바람이 불지 않아도 공기의 질감이 느껴진다. 태양도 바짝 붙어 있는 것 같다. 매미 소리는 지나치게 요란해서 오히려 실감이 나지 않는다.

이런 날은 손님이 남기고 간 인사말이 유독 생생하다. "고생하세요" 하고 나가는데 진짜 고생하는 건가 싶기도 하다. 그래서 다들 휴가를 가지 싶다. 번잡한 도시를 떠나 계곡으로 가거나, 뜨거운 모래사장과 바닷물이 대비를 이루는 해변을 찾거나. 우리 가족도 여름이니 휴가를 떠나려 했다.

하지만 휴가 시즌 초입에 일이 생겼다. 먼저 서우가 수족구병에 걸리고, 이어서 온이가 같은 병을 앓게 되었다. 해서, 우리의 여름은 선택지가 없어졌다. 수족구병은 손, 발, 입안에 물집이 잡히는 전염성 질환인데, 유감스럽게도 특별한 치료약이 없다고 한다. 고열을 수반하는데, 열이 잘 안 떨어져서 해열제를 교차로 써야 하는 경우도 있었다. 특히 두 딸 모두 입안이 많이 헐어서 음식 섭취가 어려웠다. 아픈 것도 서러운데 먹는 것도 어려우니 더 서러웠다. 두 딸은 많이 칭얼거렸고, 돌보는 우리도 슬펐다.

아내가 고생이 많았다. 평일 낮은 내가 일을 해야 하므로 대부분 아내가 혼자 그 시간을 짊어졌다. 입원할 여건이 되지 않아 집에서 통원치료를 했다. 컨디션이 떨어지면 집 근처 병원에서 링거를 맞히고, 매끼 죽을 쑤어서 먹였다. 수족구병이 정점일 때는 흐물흐물해진 밥알을 삼키면서 아프다고 울었고, 달콤한 포도 주스를 마시면서도 입꼬리가 처졌다.

우울한 서우와 온이도 밀가루 놀이를 하면 표정이 잠시 살아났다. 물과 밀가루를 섞어서 반죽하고, 거기에 물감을 풀었다. 조물조물 몇 덩어리를 빚었다. 서우는 그것으로 납작한 모양의 집, 둥근 나무, 작은 토끼를 만들었다. 온이는 길게 길게 늘여서 무언가를 만들었다. 뭐냐고 물으니 뱀이라고 했다. 그것을 다시 합쳐서 큰 덩어리로 만들고 다시 나눠서 아빠, 엄마, 서우, 온이를 빚었다. 그러나 대부분의 시간은 칭얼거림과 인내와 보살핌의 반복이었다.

우리의 휴가철이 세상의 휴가철과 다른 것이 서글프기도 했다. 그렇다고 불행한 것은 아니었다. 세상의 열기가 차단된 집에서 아픔이 지나가길 함께 기다리는 것도 나름의 추억이라는 생각이 들었다.

카페는 휴가 기간에 한가했다. 적당히 한가하면 책을 읽거나 글을 쓸 수 있을 텐데, 경영상의 실책으로 인한 것이 아닌지 걱정이 될 정도로 한동안 조용했다. 그런 날 찾아준 손님은 더 고마워서 적극적으로 리필을 해드렸다. 공허한 시간이 많은 날은 갑갑했고, 나는 산책로에 나가서 하천을 바라보았다.

무더웠지만, 흘러가는 물줄기를 바라보니 마음이 차분해졌다. 계절에 아랑곳하지 않고 일렁이는 것들은 아름다웠다. 여름 햇볕을 받아서 반짝이는 것인지, 인공 여울 때문에 부서지는 것인지 알 수 없었다. 계곡에서 부지런히 물이 내려와서 그럴까. 유량은 충분했고 물결도 힘이 있었다. 카페와 무관한 하천의 움직임을 오랜 시간 보면서 내일은 오늘보다 괜찮을 것 같다는 믿음이 생겼다. 비논리적이지만 땡볕에서 그런 결론을 내렸다. 어쨌든 나는 휴가를 갈 수 없고, 앉아서 손님을 기다려야 하는 상황이므로.

더불어 이런 생각을 했다. 평범한 사람은 선택지가 다양하지 않다는 것. 장래 희망은 진열장의 장난감처럼 무한히 놓여 있지만, 직업은 하나를 선택해야 한다는 것. 내가 실제로 마주했던 선택의 순간들이 떠올랐다. 제한된 기회와 버려진 꿈, 끊어진 인연들도 생각났다. 또 어떤 경우는 한 번의 결정이 삶을 오래도록 지배하기도 했다.

우리 카페의 경우도 비슷하다. 작은 카페에서 큰 이윤을 축적한다는 것도 민망한 일이거니와, 인테리어를 다시 한다거나 새로운 장비를 구입하기도 어렵다. 확실히 사진으로 보면 요즘 신상 카페와 우리 카페는 확연히 차이가 난다. 이미지가 신선하지 못하면 맥락(context)으로 승부해야 하는데, 어렵다. 감성적으로 민감한 커피 애호가들에게 볼수록 매력적인 장소가 되기란 쉬운 일이 아니다. 우리가 우위를 가지고 있는 것은 사진으로 남길 수 없는 친절과 짧은 시간이 지나면 사라지는 신선한 크레마 정도. 그래서 우리 스태프들은 애를 더 쓴다.

윤지는 손님의 말을 귀담아듣고, 함께 일하는 사람을 가볍게 대하지 않는다. 또, 책을 읽고 글도 짓는다. 현선은 보이는 곳과 보이지 않는 곳을 청결히 하고, 바빠도 차분하게 실수 없이 커피를 내린다. 또, 작은 공간에서 솟아나는 감정들을 충분히 공감한다. 다들 고맙다. 나도 나름 하루를 최대치로 쓰려고 노력한다. 마음과 체력을 최대한 쓰면 밤잠이 달콤하다는 사실을 몸으로 익혔다. 다들 그렇게 작은 일터에서 함께(라틴어 con) 어우러져서(라틴어 texere) 카페가 움직인다.

그렇게 흘러왔기 때문에, 8년의 세월을 견딘 것이 아니라 뿌리내린 것이라 믿고 싶을 때가 있다. 카페는 낡아가는 것이 순리이지만, 산책로를 걷는 사람들의 마음은 젊어졌으면 한다. 그런 마음과 나의 마음이 나란히 갈 수 있다면 좋겠다. 그렇게 할 수 있다면 우리가 어우러져서 함께 흘러가는 이 시간의 끝이 제방에 가로막히는 것이 아니라, 자유로운 새들과 부서지는 파도가 공존하는 바다에 닿을 것 같다.

이문에 약한 장사꾼이 사는 법

자정이 넘었지만 도시의 빛은 계속 커튼으로 스며든다. 어느새 민무늬 천장에 빗살무늬 그림자가 새겨졌다. "애인 자?"하고 아내에게 말을 걸어도 아무 대답이 없다. 나는 멍하니 천장을 바라본다. 그런 시간이 길어지면 벽지에 드리운 잔영이 오솔길처럼 느껴진다. 한참을 바라보다 눈을 감는다. 그러면 기다렸다는 듯이 길은 뻗어 나간다. 그 길을 따라 방이 조금씩 넓어진다. 지난 며칠 동안 그런 밤을 보냈다.

장사는 그런대로 되었다. 커피가 맛있어서가 아니라 계절이 도와서 바쁜 나날을 보냈다. 가을 햇살은 사람들을 거리로 쏟아져 나오게 했다. 잎이 떨어지기 시작해서 가지에는 여백이 생겼고, 하늘이 그 자리를 채워주니 숨이 트였다. 누구나 걷고 싶은 날씨. 거기다 명절 기간에 각자의 사연이 조금씩 생겼다. 나누고 싶어 몇몇이 강가에서 만나 산책을 하고, 잠시 앉고 싶으면 거리에 즐비한 카페로 향했다. 살랑살랑 부는 가을바람과 함께 손님들이 가게로 들어왔다.

오랜만에 글라인더가 부지런히 움직였다. 곱게 갈린 원두에 뜨거운 물이 고르게 스며들었다. 어느새 묵직한 에스프레소 한 잔이 만들어진다. 나는 주문받은 대로 스팀을 쳤다. 거품을 적게 해서 우유를 많이 넣으면 카페라떼가 만들어지고, 반대로 거품을 많이 쳐서 우유를 적게 넣으면 카푸치노가 완성된다. 함께 일하는 윤지의 오더를 곱씹으면서 부지런히 몸을 놀렸지만, 마음은 다른 생각을 꽤 했었다. 명절을 전후해서 몇 가지 일이 있었기 때문이다.

먼저, 거절. 뜬금없이 어떤 은행에서 복합문화공간으로 운영되는 복층 카페를 대신 맡아보는 것이 어떠냐는 제안을 했다. 해당 은행의 임원은 명함을 남기고 갔다. 작은 카페 사장으로서는 분에 넘치는 고마운 제안이었는데, 간도 크게 짧게 고민하고 반려했다.

두 번째, 조언. 이런 선택에 대한 조언이었다. 추석 당일, 차례를 지내고 할머니 할아버지를 뵈러 가는 길이었다. 두 분의 묘는 살아생전 몸과 마음을 다했던 과수원 한편에 있었다. 감나무는 낮게 자라고 있었다. 그것은 내가 어른이 되어서라기보다는, 요즘 농법이 수확을 편리하게 하기 위해서 그렇게 키운 것 같았다. 잡초는 무성했고, 덜 익은 감은 낮게 깔려 있었다. 친척들과 나는 허리를 굽혀서 제법 먼 길을 걸었다. 산모기가 날아들었고, 찌르레기가 이곳저곳에서 소리를 내고 있었다. 그 길을 오르면서 이런저런 근황을 주고받았다. 그 와중에 사촌 형수가 나에게 한 말이었다. 살아보니 인생의 7할은 돈이더라.

나는 되물었다. 거침없는 논지에 그런가 싶기도 했지만, 고개를 갸우뚱했다. 이렇다 할 반박은 하지 않았다. 취향이지 싶었다. 어떤 사람은 카푸치노를 좋아하고 또 다른 이는 라떼를 즐겨 마시는 것처럼 기호의 차이가 아닐까 했다. 한잔에 포함된 우유와 에스프레소의 비율이 커피의 이름을 결정하는 것처럼, 같은 인생인데 조금 다른 비율을 지향하는 것이라 생각하기로 했다.

어떤 사람의 시선으로 보면, 나처럼 속 편하게 장사하는 사람도 없지 싶다. 커피는 무료로 리필을 해주지, 일찍 퇴근하지, 주말에는 카페에 나오지 않지. 단골손님들이 어제 카페에 왜 없었냐고 물어보면, 놀이터에 있었다고 말을 한다. 이렇게 살아가는 나에게 젊었을 때 조금이라도 돈을 더 벌어서 새로운 사업을 해야 한다고 조언한 손님도 있다. 또 어떤 분은 금융 지식을 공부해서 투자를 해보라고 권하기도 한다. 그런 이야기를 들으면, 나 역시 덜 익은 인간이라 한쪽 귀가 팔랑거리기도 한다.

마음마저 팔랑거리면, 몸을 쓰라고 어떤 책에서 읽었는데, 그런 날은 책에서 시킨 대로 하는 편이다. 탁 트인 곳에서 소리를 지르면서 아이들과 얼음땡을 한다. 동네 사람들이 가끔 쳐다본다. 그렇더라도 그것이 마음을 잔잔하게 하는 특효약이다. 숨이 가쁘면 그네에 잠시 앉아 아이들의 표정을 바라본다. 두 딸은 나를 오래 쉬게 방치하는 타입은 아니다. 해서 또 다른 놀이를 해야만 한다. 괴물이 되었다가, 경찰도 되었다가, 무궁화꽃이 되기도 한다. 놀이터에 우리만 남게 되면 기피제를 뿌려도 모기가 꾸역꾸역 우리 피를 먹으러 온다. 그러면 세상에서 가장 안전한 집으로 들어가면 된다.

지친 하루의 끝에는 집으로 가고, 명절에는 지친 몸을 이끌고 무덤으로 간다. 이것은 어떻게 보면 쉴 자리를 미리 가보고 차지할 땅을 이따금 보라는 선조의 지혜라고 생각된다. 넓은 과수원에서 8남매를 낳아 키우신 할머니의 마지막 자리는 마음이 아프게도 너무나 작았다. 나는 요양원에서 할머니가 차지하고 있던 그 침상을 아직도 잊지 못한다. 나란히 같은 방향으로 누워 있던 다른 할머니들도 기억한다. 그들 사이로 온이와 서우는 아장아장 지나다녔고 가끔은 재롱잔치를 벌였는데, 그 모습을 바라보던 눈빛들도 도무지 지울 수가 없다.

불면의 밤에 오솔길을 가다 보면 그런 기억들에 닿는다. 강이 바다를 향해 흘러가듯, 생각은 삶의 끝에 도달한다. 그리고 그것은 기준이 된다. 생의 끝에서 작은 자리를 차지했을 때, 나를 닮은 존재의 행복한 모습을 보는 것으로도 충분하다고 믿기로 한다. 나는 그런 취향의 사람이니까.

그런데도 가끔은 상상 속에서나마 돈을 많이 버는 삶을 한번 살아본다. 그렇게 망상의 숲을 걷다가 늦잠을 자는 날도 종종 있다. 그런 아침은 유독 피곤하다. 다행인 것은 새벽빛이 밤보다 밝다는 것이다. 벽지는 어느새 말끔해져 있고, 침대 이쪽저쪽에서 자고 있는 가족들만 보인다. 서우와 온이는 만져도 씨앗처럼 고요하고, 아내는 어른이라고 손을 흔들어 준다.

나는 이문에 약하다. 그래서 인생의 몇 퍼센트를 돈으로 쳐줘야 할지, 잘 모르겠다. 다만 지금의 삶에서 많은 부분을 차지하는 것은 그저 가족들과 함께하는 하루이고, 아내가 웃고 있고, 두 딸도 기뻐하고 있음으로 충분하다고 여긴다. 이런 인생은 소박하기 때문에 굳이 가지를 자르지 않아도 되고, 나무는 옛날 모습처럼 자란다. 허공에 나뭇가지가 길을 그리듯 자유롭게 뻗어간다. 자연스럽게 자란 가지 사이로 하늘이 보인다. 그것으로 만족한다.

집요하게
모든 순간을 받아들인다

그곳이 관광지가 아닌 이상, 오늘은 특별한 음식을 먹자고 계획을 세우지 않는 이상, 일상적인 식사를 하기 위해 동네 식당을 갈 때, 우리는 변치 않는 무언가를 바란다. 맛이라든지, 응대하는 방법이든지. 그런 게 늘 같다면 안정감을 주고 당연히 그 집을 자주 찾게 된다. 소위 단골이 되는 것이다. 그런데 어느 날 맛이 어딘지 모르게 다르게 느껴지거나, 갑자기 문을 일찍 닫아 버린다거나, 기대했던 친절이 아니라면, 고개를 갸우뚱하게 된다. 그렇게 되면 그 가게를 덜 찾게 된다.

그것을 알기 때문에 카페를 운영하면서 계속 신경을 쓰는 것이 있다면, 다름 아닌 일관성이다. 동일한 원두를 내렸다면 최대한 같은 맛을 내는 것, 모양도 비슷하게 제공하는 것을 중요시한다. 라테 거품의 두께나 크레마의 색감도 동일하게 하려고 신경 쓴다. 누가 커피를 내리든지 같은 맛, 같은 응대, 같은 환경을 만들고자 애를 쓴다.

하지만 말처럼 쉬운 일은 아니다. 때로는 내가 내린 커피의 맛이, 가끔은 스태프가 내린 커피의 맛이 오락가락한다는 이야기를 듣는다. 결국 이것은 커피를 내리는 바리스타의 실책인데, 대부분 절차를 소홀히 한 경우가 많다.

예를 들면, 포터 필터의 물기를 완벽하게 제거하지 못했다거나, 원두 가루의 레벨링을 고르게 하지 않았다거나, 누르기를 너무 약하게 했을 때, 커피 맛이 달라진다. 왜냐하면 원두 가루가 온전히 적셔지는 것이 아니라 일부의 물길을 통해 추출되기 때문이다. 결국 애써 갈아낸 원두의 일부는 녹여지지 못한 채 버려지게 되고 맛의 일관성도 잃게 된다.

이런 문제점은 장비를 최고급으로 바꾸면 비교적 쉽게 해결되기도 한다. 절차의 부족함을 정교한 기술력으로 벌충할 수 있다고 해야 할까. 그러나 우리는 그런 식의 문제 해결이 낭만적이지 못하다고 생각한다. 커피를 내리는 방법에 대해 신경을 쓰지 않아도 완벽한 한잔이 만들어진다면 일은 편하겠지만, 응당 자부심이 줄어들지 않을까. 오히려 기계가 해줄 수 있는 영역이

한정되어, 사람의 정성이 필수 불가결이 되는 것이 더 인간적이지 않을까, 생각한다.

커피를 처음 접했을 때는 그저 카페인이 들어 있으면 충분하다고 느낀다. 자판기 커피에도 충분히 만족했던 시절처럼. 하지만 커피를 접하게 될수록 어느 정도의 기분 좋은 산미도 기대하고, 도톰한 크레마를 기대하기 마련이다. 우리 커피의 맛에 대해서 이런저런 뒷말이 들린다는 것은 속상하지만, 한편으로는 고마운 일이기도 하다. 그것은 우리에게 아직 기대하는 바가 있다는 것이고, 기대한다는 것은 아직 기다리고 있다는 뜻이다. 또 우리가 과거에 그것을 제공했던 역사가 있었다는 의미이다.

한동안 커피 맛에 대한 컴플레인이 제법 있어서 다소 의기소침한 나날이었다. 하지만 좋은 소식도 있었다. 함께 일하는 K가 누군가에게 호감이 생긴 것이다. 커피를 내리면서 사랑의 초입에 대한 풋풋한 이야기를 들었다. 그녀는 평소보다 말이 많았고, 밝았다. K는 지금 그 감정을 변함없이 간직하고 싶어 하는 것 같았다. 그리고 연애의 시작점을 고민하는 듯했다. 사랑할수록 사랑을 시작하는 것이 어렵다.

아무것도 모르던 시절에는 그저 맛있는 것을 함께 먹거나 손을 잡을 수 있는 사람이 있는 것으로 만족했던 것 같다. 이쁜 사진을 몇 장 남기고, 그것이 쌓이는 높이만큼 관계가 깊어지는 것으로 충분했던 것 같다. 하지만 연애를 경험할수록 속은 복잡해진다. 한결같은 사람을 원하면서도 깊이를 알 수 없는 특별한 사람을 기대한다. 단골 카페야 그저 바꾸면 되지만, 연인은 그렇게 쉽게 지우고 쓸 수 있는 것이 아니다.

아무쪼록 그녀가 사랑하게 될 P가 특별한 사람이길 바란다. 한결같지만, 규정할 수 없는 존재였으면 한다. 한 존재가 일반화되는 것만큼 서글픈 일은 없다고 느끼는 요즘이다. 남자들이란, 결혼이란, 육아란, 커피란, 이렇게 규정되는 것이 명쾌하기는 하지만, 때로는 섭섭하게 느껴지는데 그것은 아마도 전개되는 과정, 신비한 영역, 미묘한 감각을 뭉개버리기 때문인 것 같다. 삶에 지쳐서 그렇게 치부하는 것 같기도 하다. 그럼에도 불구하고 각각의 개체가 품은 비밀과 그것들이 뒤섞이는 과정을 조금 더 길게, 오래, 소중히 풀어낼수록 현명하지 않을까 싶다.

두 딸에게도 한결같은 존재이지만, 예측할 수 없는 존재로 기억되고 싶은 욕심이 있다. 내가 가진 무수한 빈틈과 실책이 그런 내 바람을 도와줄 것 같다. 아마도, 지향하는 것이 사랑이라면, 그렇게 되지 않을까. 지향하는 것이 따뜻한 마음이라면, 우리 카페도 그렇게 되지 않을까. 집요하게 모든 순간을 받아들인다. 그렇게 우리의 삶은 한걸음 더 특별해진다.

어쩌면 저 손님들은
나를 응원하러 오는지도 몰라

월요일 아침은 왜 이렇게 몸이 무거운지 모르겠다. 잔잔하게 울리는 알람이 반가웠던 적은 없다. 한 번에 일어나지 못하고 몇 번의 예비된 자명종 소리를 들어야 몸이 겨우 움직인다. 조심스럽게 거실로 나오면 주말의 흔적이 남아 있다. 딸이 맞추다 만 퍼즐 조각이 널브러져 있고, 짝 잃은 양말이며 작은 블록 조각이 놀이 매트 위에 듬성듬성 자리 잡고 있다. 정돈한 뒤에 출근하면 아내가 편할 텐데, 나는 그리하지 못한다. 그저 식탁에 비스듬히 앉아 빵을 씹어 먹다가 집을 나선다.

　카페에 들어서면 의무적으로 에스프레소를 몇 잔 마신다. 커피 맛을 잡기 위함이다. 나는 의식적으로 느리게 움직인다. 새벽에는 잠이 덜 깨서 서두르면 어딘가 꼭 다친다. 몇 차례 원두를 갈아서 버리고 맛을 본다. 그라인더 날의 간격을 조절한다. 이것을 몇 번 반복한다. 그러고 나서 테라스 문을 활짝 열고 의자와 테이블을 흔들리지 않게 배치한다.

열린 창으로 서늘한 새벽과 박하향을 닮은 숲의 질감이 들어온다. 작은 공간 안에서 밤새 고여 있던 공기에 천천히 생기가 돈다. 더불어 정신이 조금씩 든다. 내가 좋아하는 테라스에서 아메리카노와 남은 빵조각을 마저 먹는다. 오물오물하다 풀냄새 덕에 고개를 든다. 길 건너편의 산 사면으로 눈길이 자연스레 간다.

꽃이 떨어지고 본격적인 봄이 시작된 것 같다. 초봄의 녹색은 다층적인 색감이지만, 5월이 되면 하나의 초록빛으로 수렴되는 느낌이다. 모든 잎이 적당히 두꺼워졌고 색들의 간격은 좁아졌다. 식생 고유의 특징이 보이지만, 뭉그렇게 표현해서 봄이라고 해도 좋을 경관이다. 나는 마음을 기울여 계절의 그늘에서 벌어지는 작은 생명의 움직임을 상상한다. 카페 안으로 날아 들어오는 풀벌레와 이름 모를 새소리는 그것의 실마리다. 분주하게 움직이는, 경쟁하고 협력하고 사랑을 나누는 모습을 그린다. 먼 산을 바라볼수록 커피는 점점 줄어든다. 머그잔의 바닥이 보이면 기지개를 켠다.

아침 손님이 적은 날 로스팅을 한다. 초록의 생두는 향과 맛이 미미하다. 여기에 열을 가하면 화학적으로 물리적으로 변한다. 커피콩은 가열되면서 무게와 수분이 줄어들고, 부피는 팽창한다. 생명을 잃으면서 오히려 고유한 맛과 향을 내는 그 모습은 어떤 메시지를 주는 것 같다. 뜨거운 열기 속에서 부지런히 몸을 뒤집는 소리를 듣는다. 한참을 앉아 있어야 한다. 그렇다고 늘어져서는 곤란하다. 귀를 기울여야 한다. 원두마다 특성이 있고 원하는 향미를 위해서는 적당한 불 조절이 필요하기 때문이다. 투입되는 온도와 배출되는 온도도 제각기 다르다. 몇 초차이에도 제법 큰 변화가 생긴다. 매캐한 냄새를 맡으면서 귀는 콩의 팽창하는 소리에 집중한다. 원두의 변화를 상상하다가 이때다 싶으면 콩을 빠르게 식혀준다.

그즈음부터 손님들이 조금씩 밀려든다. 아침 손님은 거의 고정되어 있다. 어떤 날은 그들이 커피를 사러 오는 것이 아니라 나에게 응원을 해주러 오는 느낌이 들기도 한다. 나는 그저 커피 한잔을 건네는 것이지만, 손님은 건투를 빌어준다. "좋은 하루 보내세요", "감사합니다." 이런 반복적인 말이 나를 추동한다. 손님과 인사를 몇 번 주고받으면서 나는 어느새 진짜 바리스타가 되어간다. 그들의 언어가 내 몸에 차곡차곡 쌓이고 어느새 활기가 넘친다.

여유가 생기면 이야기를 더 주고받기도 한다. 서울에 유학 간 딸 이야기를 하며 지친 얼굴이 밝아지는 J, 결혼한 딸들과 함께 이 공간을 종종 찾는 H를 보면서 내 삶이 확장되는 느낌을 받는다. 나에게도 머지않아 저런 시간이 오겠구나, 생각한다. 마음을 열고 손님에게 정성을 다할수록, 이 공간은 여러 삶을 관통하는 통로가 된다. 어떤 때는 몇 권의 책을 읽은 느낌이고, 어떤 날은 시간 여행을 하는 느낌이다.

그래서 그럴까, 무더움도 견딜 만하다. 한낮이 되면 밖은 초여름으로 변하고, 뜨거운 머신과 제빙기와 냉동고가 밀집된 바 안은 한여름이다. 그래도 아랑곳하지 않고 머신을 만지고 또 머그잔을 세척한다. 고될수록 함께 일하는 목소리를 신뢰한다. 나는 그것을 따라가기만 하면 된다. 이것을 반복하면 몇 시간이 훌쩍 지난다.

조용하던 휴대폰에 알람이 울린다. 서온이의 어린이집 알림장이 도착한 것이다. 구석으로 가서 새로 올라온 딸의 사진을 본다. 화면을 넘기면서 나는 집이 그립다. 환하게 웃는다.

딸들이 조금씩 커가는 모습을 보면, 그런대로 살아가고 있다는 믿음이 생긴다. 작은 블록으로 그럴듯한 마을을 조금씩 짓는 느낌이다. 그러나 실제로 마주하면 생기발랄한 딸들의 의지가 지친 나를 압박하기 일쑤다. 저녁을 먹기도 전에 서우와 온이는 심심하다고 할 터이다. 허겁지겁 배를 채우고 밖으로 향하는 날이 많다. 벌써 놀이터를 빙글빙글 도는 딸의 웃음소리가 들리는 것 같다.

그네를 밀다 아파트를 보면, 같은 색의 조명이 층층이 빛난다. 비슷한 조도의 주황색 불빛들. 인테리어를 했어도 크게 다를 리 없는 삶. 가끔은 그 속에서 일어나는 작은 드라마를 주제넘게 상상하기도 한다. 울고 웃고 다투고 화해하고 사랑을 나누는. 우리 집과 비슷하지 싶다. 서툴지만 담담하게, 인생이란 퍼즐을 맞추어 나간다.

이렇게 하루가 간다. 흘러가는 일상 속에서 가족이 서로에게 온 마음을 다하기란 쉬운 일이 아니다. 대부분의 날이 먹고살기에도 벅차기 때문이다. 집에 오면 아무 생각 없이 드라마를 보는 것이 더 기꺼울 수도 있겠다. 하지만 우리는 밤이 오는 것이 싫었고 새벽에도 상대가 보고 싶어서 결혼을 하지 않았던가. 그렇게 서로를 한없이 그리워하여 아빠가 되고 엄마가 되지 않았던가. 그렇다면, 오늘 저녁은 짝에게 마음을 기울여보는 것은 어떨까. 그저 그 사람이 말하는 대로 따르면 되지 싶다. 달이 기울어, 또 어떤 기쁜 일이 생길지도 모를 일이다.

우리의 정성을
알아봐주는 덕분에

한동안 포털사이트에 들어가지 않으려고 노력했다. 어떤 사람은 확고한 마음이 있어서 어떤 상황에서도 주체적인 글을 쓸 수 있는지 몰라도, 나는 그런 능력이 없다고 여겨지는 경우가 많았다. 무심결에 읽은 글이 가벼운 나를 무겁게 지배했다. 두려움과 불신이 담겨 있는 문장을 읽으면 내 마음도 자연스럽게 그 길을 따라갔다. 글도 그랬고 표정도 그랬다. 마스크로 가리고 있어도 불안한 표정을 완전하게 숨기기는 어려웠다.

두려움을 숨기기 어렵다는 것이 지난 몇 주 동안의 고충이었다. 대부분의 직업이 그렇겠지만, 사람들이 흘러가는 길목에서 장사하는 소상인들은 더 그랬을 것이다. 사실, 평상시에도 상인들은 무엇을 숨기고 무엇을 팔아서 이익을 남긴다. 숨기는 것은 피곤, 불안, 우울 같은 것이고, 파는 것은 음식, 커피, 옷 같은 것이다. 나쁜 것을 숨기지 못하면 장사가 잘 안 된다. 적게 팔면 몇 주를 곤궁하게 살고, 잘 숨겨서 많이 팔면 비교적 여유 있게 몇 주를 살게 된다.

아무래도 두 딸이 태어난 뒤로 나는 매출에 조금 더 신경을 썼다. 밤마다 나를 기다리는 가족들이 생기고 그들에게 여유로운 삶을 선물해주고 싶은 욕망이 강해질수록 그랬다. 하지만 때로는 그것이 서글프게 느껴지기도 했는데, 아마도 내가 주체성을 잃고 있다고 느꼈기 때문인 것 같다. 나의 감정을 다스리고 손님의 마음을 우선하는 것이 어떤 날은 고강도의 육체노동보다 몸을 노곤하게 만들었다.

하지만 시간이 흐를수록, 역설적으로 가게가 낡아갈수록 자연스럽게 해결되었다. 왜냐하면 손님들은 불특정 다수에서 특정한 사람들로 한정되어 갔기 때문이다. 단순한 호기심에 들른 손님들은 멀어져갔고, 우리의 애씀을 알아주는 사람들이 테이블을 차지했다.

카페는 조금 더 자유로운 공간이 되는 느낌이었다. 나는 강박적으로 숨기지 않고도 커피를 팔 수 있었고, 의도치 않게 드러난 상처는 오히려 손님들이 다독여 주었다. 주기적으로 꽃다발을 선물해주거나 간식을 챙겨주는 손님들도 생겼다. 우리도 많이 남기는 것보다는 덜 남기는 것이 도리어 마음이 편한 지점에 다다랐다.

코로나19로 인하여 한동안 카페가 한산해지자 손님들이 위로를 건네는 경우가 더 많아졌다. 매장에서는 커피를 마시기 그러니 원두를 사 간다는 손님이 제법 있었고, 오랜만에 와서 미안해하는 단골손님도 있었다. 마스크로 얼굴을 가렸지만, 드러난 눈빛 속에서 마음을 선명하게 읽을 수 있었다.

누구나 불안하게 사는 세상에서 인지하게 된 것이 있다. 나만 잘해서도 안 되는 것이고, 내 가족만 생각해서도 안 된다는 것이다. 우리가 사고파는 것과 내뱉는 감정과 들숨과 날숨조차 결국 전부 하나로 연결된다는 사실이다. 이런 어려움에 이르러서야, 각자도생의 어리석음을 마음속 깊이 깨닫게 된다. 어쩌다 내 손에 쥔 작은 행복만을 지키면 살아갈 수 있다고 믿었지만, 잊을 만하면 재난 문자가 요란한 소리를 내면서 도착한다. 나는 두 딸이 흘린 과자 부스러기를 치우는 마음으로 문자를 읽고 지운다. 그리고 치유되길, 해결되길 진심으로 바란다.

이 질병도 약이 개발되면 독감처럼 여겨지리라 생각한다. 결국은 수습이 되리라. 카페는 장사가 되든 안 되든, 거리에 음악이라도 흘렀으면 하는 바람으로 계속 열고 있다. 부족하더라도 믿고 따라주는 스태프들을 바라보면서, 격려해주는 손님들의 언어에 기대어 하루하루를 보낸다. 두려움을 숨기고 애써 드러내는 따뜻한 마음이 고마울 따름이다.

완연한 봄은 오리라. 얼마나 시간이 흘러야 할까. 모두가 마스크를 벗고 마음껏 활보할 수 있는 때가 온다면, 며칠 정도는 동화 같은 날들이 이어질 것 같다. 그런 날이 온다면, 남녀노소 모두가 함께 공존하는 작은 축제가 한동안 마을마다 이어질 것 같다.

〔 3부 〕

심심하고 고마운 나날들

구원 같은 사랑이 있다

Y가 새로운 연애를 시작했다. 나에게 절대로 그런 사이가 아니라고 했는데, 가을이 오고 스르르 잎이 떨어지듯이 어느덧 그렇고 그런 사이가 되어버렸다.

좋은 일이다. 그녀가 사랑을 주고받으니, 자연스럽게 하품이 줄었다. 동그란 눈은 반달이 되었고 목소리에도 활기가 생겼다. 그런 모습을 보니 카페의 흐름은 여전히 느슨하지만, 나도 힘을 내지 않을 수가 없게 되었다. 며칠 동안 카페에서 그런 기분 좋은 순간들이 이어졌다. 이런 시간 뒤에는 무엇이든 여물겠구나 싶어서 덩달아 함께 설레는 며칠을 보냈다.

예전에 그녀가 쑥쑥 크는 서우와 온이를 보면서 했던 말이 종종 떠오를 때가 있다. 아이들은 이렇게 자라나고 있는데, 자신은 늘 제자리에 있는 것 같다고 했었다. 그때 나는 뭐라 말을 건 넬 수 없을 정도로 서글펐다.

혼자 행복한 것보다는 함께 행복한 것이 더 선하다는 것을 알 고 있다. 보이지 않거나 혹은 볼 수 없다면 어쩔 수 없다고 치더 라도, 같은 공간에 있는 사람이 슬픔을 보인다면 마땅히 함께 나누는 것이 옳은 것이라 알고 있다. 그런데 그것이 말처럼 쉽 지 않았다.

다른 카페보다 조금 더 주는 급여가 해결책이 될까 싶기도 하 지만, 그것도 아닌 것 같고. 좋은 성분을 담은 영양제로 대신할 수 있을까 싶기도 했지만, 그것도 아닌 것 같았다. 더 서글픈 서 사를 담은 소설이나 성공의 방법을 담은 자기계발서나 세상의 이치를 담은 철학서도 정답이 아니었다. 이런저런 방법도 적당 한 방도가 아닌 것 같아서 나는 그녀와 함께 일하는 날은 더 열 심히 커피를 만들고 얼음을 푸고, 더 성의를 다해서 테이블을 닦았다. 아마도 Y는 아내를 만나기 전의 나와 비슷하지 싶었다.

내가 아내를 만난 곳은 어렵사리 들어간, 나의 두 번째 비정 규직 일자리였다. 그때 나는 버스를 타고 학교에 출근했고, 쉬 는 날에는 자전거를 타고 집 근처 마을 도서관에서 임용시험 준 비를 했었다. 수업이 있는 날, 공강 시간에는 학교 도서관에서 교육학 책을 읽거나 소설을 읽었다. 그러다 아내를 만났다. 아내는 그 학교의 사서 교사였다.

아내를 처음 보았을 때, 그녀는 다른 세상에 속한 사람 같았다. 000대 총류부터 900대 역사서까지 무수한 책이 꽂힌 서가를 배경으로 그녀는 앉아 있었다. 그곳에서 아이들과 허물없이 대화를 나누거나, 책을 보물처럼 안고 이곳저곳을 사뿐히 누볐다. 그 모습은 내가 결코 닿을 수 없는 다른 세상의 모습처럼 보였다. 나는 그때 학생들이 나를 얕잡아볼까 봐 두려웠다. 그 정도로 열패감에 휩싸인 그저 그런 못난 사람이었다.

지금도 어떻게 아내와 내 손이 닿게 되었는지, 어떻게 닿은 손을 잡게 되었는지 믿기지 않을 때가 많다. 다만, 나는 그녀의 손에 닿기 전에, 닿게 되면 포기하지 않고 계속 잡으리라, 다짐하고 또 다짐했었다. 그렇게 혼자 사랑을 했었다. 혼자 앓다가 책을 베개 삼아서 엎드려 있었는데, 어느 순간 닿지 않을 것 같았던 곳까지 손이 닿아서 연애를 시작했다. 그 순간을 시작으로 삼 년이 지나고 그녀와 결혼을 했다. 나는 구원 같은 사랑을 한 셈이다.

돌이켜보면 사는 것이 더 힘겹다고 느꼈던 시절에도 길은 있었는데, 그 길도 결국은 관계였던 셈이다. 몇 번의 우정과 몇 번의 사랑을 통해서 이렇게 저렇게 마음을 나누게 되고 더불어 짐을 나누면서 살아가는 것이 아닐까 어렴풋이 짐작한다. Y가 맺은 그 인연이 오래도록 힘이 되는 관계가 됐으면 한다.

카페에도 새로운 인연이 생겼다. 보내는 인연에 대한 아쉬움도 있지만, 새로이 맞이하는 인연에 대한 부담도 있다. 그것은 기대했던 만큼의 일터가 아니면 어쩌지 하는 걱정이다. 만남과 헤어짐, 우리 공간을 둘러싼 관계가 거듭될수록 이면도 단단해졌으면 한다.

하찮은 일자리가 되지 않도록 더 땀 흘리고 예의를 갖춘다. 그러다 보면 그 관계 속에서 새로 여물어가는 것이 있지 않을까. 내 키가 더 자라는, 카페 평수가 넓어지는 기적은 없겠지만, 이 속에서 함께 나눌 만한 작은 열매가 생겨나지 않을까, 싶은 것이다.

서우와 온이도 무럭무럭 자라고 있다. 서우는 얼마 전에 첫 이갈이를 했다. 아내는 그것을 보물이라 생각하는지 보관함까지 사들였다. 온이는 여전히 놀아달라고 매달리고, 허락 없이 어깨 위에 올라간다. 온아 무겁다, 나도 알고 보면 무서운 사람이라고 엄포를 놓아도 온에게는 통하지 않는다.

이런 반복이 수긍이 되는 것은, 이 순간이 나에게 오기 전에 한없이 원했기 때문이지 싶다. 허리에 매달린 아이들이 열매 같다. 아내와 나의 인연에서 비롯되었다. 바랜 잎은 떨어지고 열매는 실해져 간다. 어느덧 그런 계절 속으로 깊게 들어와 버렸다.

딸에게 행복을 배운다

서우야, 오늘 어땠어? 오늘 엄청 좋았지. 지윤이랑 사이좋게 놀
았는데 무지 행복하더라. 그랬구나, 다행이네. 아빠도 네가 그
렇게 이야기하니 기분이 좋은걸. 잠자리에서 종종 나누는 대화
패턴이다. 딸은 자신의 하루를 이야기할 때 대부분 행복이라는
단어를 쓴다.

　나에게는 참 부러운 점이다. 뭐랄까, 불혹에 근접해서 그런지
감정선의 중간을 유지해야 할 것 같다. 평정심을 강요받는 느낌
이다. 때로는 품위를 접고 울기도 하고 웃기도 해야 하는데, 이
제는 그렇게 하면 안 될 것 같은, 그런 사회적 시선이 느껴진다.
그 마음을 배제하더라도, 행복이라는 단어는 최상급의 감정 표
현이므로 그 말을 좀처럼 쓰기 어렵다. 우리 카페 와이파이의

패스워드가 happyhappy인데, 내가 오늘은 행복했다고 평하는 날은 거의 없다.

돌이켜보면, 와이프의 손을 처음 잡았을 때 행복했다. 우여곡절 끝에 결혼식이 끝나고, 모든 의무를 뒤로한 채 난생처음 해외여행을 갈 때도 행복했다. 딸이 태어났을 때, 아빠라고 처음 말해줬을 때, 첫걸음을 걸을 때, 나는 정말 행복했다. 그때는 그렇게 말을 못 했지만, 그 단어가 적합한 순간들이 꽤 많았다.

그런데 아쉽다. 우리의 행복이 새로운 경험과 너무 밀착된 것 같기 때문이다. 그 지점이 서글프다. 인생을 살아갈수록 경험은 쌓일 것인데, 미지의 세계를 찾으러 다니면서 늙어갈 수는 없는 노릇 아닌가. 그런 점에서 딸에게 배울 점이 있는 것 같다. 어떤 날은 딱 까놓고 물어본다.

"온아, 이게 재미있어?"

"그럼~~ 얼마나 신난다고."

서우와 온이에게 거실은 지루하지만, 현관문만 나서도 세상은 신선한 곳이 된다. 엘리베이터 단추의 질감을 먼저 느껴보겠노라고 시작부터 경쟁이다. 그러니 밖은 어련할까. 신선을 넘어서 신성한 장소다. 요즘은 킥보드를 제법 탄다. 차의 길과 사람의 길을 알고, 오토바이 소리가 들리면 서행한다. 매일 달리는 길이지만 어찌나 신나게 발을 구르는지. 머뭇거리지 않고 자신의 방향을 믿는다.

3주째 아파트 화단에서 논다. 깊숙한 곳이다. 어느 나무 그늘에서 콩벌레 잡는 것을 좋아한다. 꼬물꼬물 콩벌레 친구들이 출몰하는 곳이 있다. 그곳에 모기가 무척 많은데, 나는 기피제를 가지고 다니며 아이 옷에 칙칙 뿌려준다. 가녀린 등을 보면서 좋아하는 음악을 들으면, 나에게도 나쁘지 않은 시간이 된다. 그렇게 보낸 하루는 아이에게 틀림없이 행복으로 기록된다.

행복이 믿어지는가. 그 단어를 쓰기에 합당한 시간을 보내고 있는가.

과거의 나는 대부분의 하루가 그 단어를 쓰기에 부족하다고 느꼈다. 어떤 힘겨운 날은 그 단어의 존재가 의심스러웠다. 우주 어딘가에 존재한다는 신처럼 비현실적인 관념이라 느껴졌다. 과대 포장된 광고 같았고, 거짓된 이상을 제시하는 선동이라 믿었다. 우울한 나날이었다.

하지만 딸의 시선으로 세상을 볼 때는 행복이 믿어진다. 아이가 만난 작은 세상과 그 속에서 싹트는 더 작은 이야기는 그 단어로 규정하기에 적확하다. 두 음절을 계속 반복해도 민망하지 않다. 아이의 발끝이 머문 곳은 분명 새로운 감각과 기쁨이 가득하다.

오늘은 날이 좋아서 동네의 놀이동산에 다녀왔다. 규모가 작은 곳이라서 회전목마를 몇 번이나 탔다. 아무래도 자연보다는 빨리 질리는지 두 딸의 표정이 어느 순간 뚱해졌다. 그래도 아내가 미소 지으며 손을 흔들면 딸도 환하게 웃는다.

아빠가 되니 기쁨이 예전보다 늘긴 했다. 굳이 새로운 경험이 아니라도 충분하다. 딸의 시선 덕인 것 같다. 서우와 온이가 내 표정을 보고 행복을 규정할 수 있다면 나는 기꺼이 웃는다. 딸이 그렇게 하는 것처럼.

소크라테스가 그랬나. 음미할 수 없는 삶은 가치가 없다고. 많은 사람이 삶을 감상할 수 없다면, 그것이 행복이라는 감정에까지 미칠 여지가 없다면, 그것은 정치적 문제일 수도 있겠다. 하지만 살아가려면 생각을 바꿔보는 것도 좋지 싶다. 어디를 보고, 무엇을 보는가. 가지지 못한 경험만을 집착하는 것은 아닐까. 모든 것을 편협한 나의 시선을 통해서만 바라본다면, 삶은 행복으로부터 멀어지기 마련이다.

같은 거리에 새로운 카페가 오픈 준비를 한다. 높은 천장에 하얀 커튼이 하늘거리고, 세련된 에스프레소 기계가 보인다. 안락한 의자와 탄탄한 목재 책상이 눈에 들어온다. 부럽다. 처음 겪는 일은 아니지만, 신경이 쓰인다. 모든 것이 오래된 우리 카페는 힙한 것과 거리가 멀다. 그런데도 찾아주는 분들이 참 고맙다. 아마도 그들은 반복 속에서 무언가를 찾는 것이 가능한 사람이지 싶다. 그들의 걸음 덕에 앞에 놓인 시간이 두렵기보다는 새로운 길이 있을 것 같아 기다려진다.

내가 성장하는 것은 너무 먼 이야기, 거짓 같다. 하지만 딸이 커가는 것은 자연스럽다. 나는 그저 지속가능한 반복을 바란다. 이 거리와 두 딸을 조용히 바라보면서 작은 이야기를 쓰고 싶다. 그것 또한 믿어진다.

듬직한 정규직 남자가 되고 싶었으나

서우가 결혼하고 싶은 사람이 생긴 모양이다. 이름이 서준이라고 했던가. 그 친구 이야기를 하며 배시시 웃는 모습을 보면서 나는 만감이 교차했다. 왜 결혼하고 싶냐고 물어보니, 서준이가 계속 자기 옆에 앉으려고 하고, 무엇보다 단짝 친구가 좋아서 좋다고 했다. 나는 속으로 어이가 없었다. 이 사랑에 관여하고 싶은 충동을 느꼈다. 서준이가 결혼해서 아이패드만 보면 어쩌냐고 물어보니, 못 가지고 오게 하면 된다고 한다. 그것은 그렇다고 치더라도, 친구의 친구를 사랑하다니.

참 많이 컸다. 친구와 놀게 되면, 헤어지는 것이 너무 어렵다. 결국 나의 참을성은 금방 바닥이 난다. 딸의 의지는 나를 쉽게 제압한다. 아빠가 밉다는 말을 들을 정도로 잔소리를 해야지 집으로 돌아올 수 있다. 친구가 인생에서 제법 중요해진 첫째는 내년에 벌써 초등학교에 들어간다.

아이가 자라서 수월해진 점도 있는데, 그중 하나가 목욕 시간이다. 불과 몇 달 전까지만 하더라도 내가 안아서 머리를 감겨 줘야 했다. 조심하지 않으면 눈이 따갑다고 잔소리를 들었다. 하지만 이제는 서서 머리를 감겨줄 수도 있다. 어제는 서우가 처음으로 동생의 머리에 샴푸질을 하고, 헹궈줬다. 투덕거림이 있었지만, 결국 둘은 어느 정도 해냈다. 기특해서 칭찬을 여러 번 했다.

내가 욕실에 있는 동안 아내는 마른 빨래를 정리한다. 내일 온이의 어린이집에 보내야 할 것을 챙기고, 두 딸의 원복을 준비한다. 그러는 사이에 나는 딸 둘을 씻긴다. 한 명씩 밖으로 내보내면, 아내는 정성껏 말리고 잠옷으로 갈아 입힌다.

다들 비슷하게 살아가겠지만, 퇴근 후의 시간은 정말 빠르게 지나간다. 말끔하게 다 씻겨도 두 딸은 간식을 요구하는 날이 많아서 정신없이 흘러가는 시간이 추가된다. 내일 출근을 해야 하니까, 가끔은 조급증이 생기기도 한다. 그래도 아내는 딸들에게 책을 읽어주고, 나도 글을 몇 줄 읽는다. 그렇게 다음날을 맞이한다.

어느 날 준규가 카페에 왔다. 몇 년 만에 본 녀석은 능글맞게 인사를 하더니, 대뜸 내게 살이 많이 빠졌다고 말했다. 나는 어색한 말투로, 그게 중요한 것이 아니라고 말했다. 그리고 뭐라고 부연하고 싶었지만 말문이 막혔다.

그를 보내고 생각해 보니, 그렇게 고된 삶은 아니라고 말하고 싶었던 것 같았다. 내 삶에서 몸매가 중요한 우위를 차지하고 있지 않은 것이 분명했다. 그 마음을 말로 풀어내기가 어려웠다. 하여튼 결혼하고 아이를 키우다 보니 외형보다 중요한 것들이 너무 많이 늘었다.

결혼을 하게 되면 많은 변화가 생긴다. 아내의 아빠, 엄마, 언니가 내 인생에 중요한 등장인물이 되었다. 종종 만나서 식사를 하고, 처형의 식구들과 함께 시간을 보낸다. 장인의 이야기에 귀를 기울인다.

시시때때로 그들의 서사와 나의 서사가 만난다. 살아온 물길이 다르다 보니, 품고 있는 이야기도 다르다. 합류하는 과정에서 사소한 일들이 생기기도 한다. 하천과 하천이 만나는 곳에 하중도가 생기는 것과 같다. 몇 가지 원두가 블렌딩되어 전혀 새로운 맛이 나는 것과 같다. 나는 어느덧 조금씩 다른 결을 가진 사람이 되어 간다.

그러고 보면 나도 한때는 남성 중심의 문화에 물들었던 사람이다. 군대 조직을 경험해서 그런 것 같다. 남자는 듬직해야 한다고 생각했고, 꾸준히 운동하고 외형적인 남자다움을 유지하려고 애를 썼다. 결국 그렇게 되지 못했지만, 사회가 인정하는 신랑감이 되고 싶었다. 정년이 보장된 직장을 잡기 위해서 부단히 노력했다. 그러나 아내를 만나고 두 딸을 키우면서 그것이 단지 하나의 물길에 지나지 않는다는 생각을 하게 되었다.

세상에는 양분할 수 없는 수많은 존재와 길이 있다. 커피만 하더라도 고소한 맛이 중심에 있는 것이 아니다. 커피 체리는 붉은색이다. 과육으로 둘러싸여 있던 커피는 오렌지처럼 상큼한 맛도 있고, 꿀처럼 달콤한 맛도 있다. 그것의 층위도 미각과 후각과 보디감을 통해서 수십 가지의 의미를 부여할 수 있다. 맛의 가능성은 깊고 넓다. 그런 생두의 서사를 무시하고 강하게 볶기만 하는 것은 존재에 대한 예의가 아니라고 생각한다.

존재와 존재가 만나는 결혼이 요즘처럼 어려운 세상은 없었던 것 같다. 사랑하는 여자와 남자가 스스로의 힘으로 가정을 꾸리고 자식을 키우는 것이 만만한 일이 아니다. 보장되지 않은 노후와 높은 교육비, 주거비를 제외하더라도, 미디어가 재생산하는 배우자의 이미지는 현실 수준을 훌쩍 넘는 것들을 요구하는 경우가 많다.

뿐만 아니라 우리는 너무 많이 알아버렸다. 역설적으로 부모

세대의 노고 덕이다. 든든한 방파제가 있어서 주제넘게 많은 것을 보고 알아버렸다. 그래서 그럴까, 오지 않은 미래가 생생하게 느껴진다. 조금씩 다른 크기의 두려움이 모두의 마음속에 돋아나고 말았다. 포기해야 할 것들을 미리 결정해버리는 경우가 많다. 세상을 알아갈수록, 이성이 예리해질수록 그렇게 되는 것 같다. 나 정도의 인간이 자식을 낳아 어떤 가능성을 제공할 수 있을까, 걱정을 하게 된다.

그런데도 막상 낳고 보니, 살게 된다. 걱정도 팔자라는 옛말이 틀리지만은 않은 것 같다. 나는 그저 분주하게 대출을 갚는다. 비유가 아니라 실제로 그렇다. 하루의 숙제를 해결하기에 급급한데, 서우는 그럴듯한 이야기를 지어서 나에게 희망을 들려준다. 온이는 어디서 이상한 노래를 배워서 웃음을 준다. 올챙이 같았던 녀석들이 어느새 팔짝팔짝 뛰어오른다. 아내와 내가 만든 작은 연못가에서 기꺼이 놀고, 심지어 울타리를 벗어나려고 한다. 하지만, 괜찮다.

내가 규정한 울타리가 진리가 아닌 것처럼, 세상이 선호하는 것도 진리가 아니라고 생각한다. 오히려 날것에 가까운 딸에게서 내가 생각해보지 못했던 길이 문득 보인다. 그래서 두 딸과 함께하는 시간이 기껍다. 때때로 피곤함에 지쳐 그저 흘려버리고 나면 뒤늦게 후회한다.

두 딸에게 별로 해주는 게 없는데, 서우와 온이는 나와 더 오래 놀지 못한다고 아쉬워한다. 서둘러 잠을 청해야 하는 이유에 대해서 매일 설명을 해준다. 잠을 자야 아빠가 힘을 내서 돈을 벌고, 돈을 벌어야 초콜릿을 사주지, 라고 말한다. 그때 서우의 답이 귀엽다. 아빠, 나는 초콜릿 빨아먹으면 되니까, 하나만 사주면 되는데, 라고 말한다. 그리고 말똥말똥 쳐다본다.

나는 카페가 망해서 전업주부가 되어도 좋다는 아내의 말에 보답하는 삶을 살고 싶다. 그것은 우리의 사랑이 한여름처럼 뜨거웠던 시절의 꿈같은 말이라는 것도 안다. 또, 두 딸의 미래를 위해서 많은 돈을 벌어야 할 것 같은데, 그 역시 꿈같은 일이다. 그래도 꿈이라는 게 생겨버렸으니, 몸은 더욱 바빠지게 마련이다. 내 몸은 그렇게 중요한 것이 아니게 되었다. 그저, 함께 밤을 맞이할 수 있는 약간의 여유를 끝까지 지키고 싶다.

딸은 가족의 시간 안에서 부지런히 자란다. 스스로 할 수 있는 일들이 조금씩 늘어간다. 덕분에 아내의 표정에도 피곤보다 웃음이 늘었다. 그것이 보이는지 집안 어르신들이 아들 한 명 더 낳으라고 쿡쿡 찌른다. 그러면 나는 진지하게 눈을 바라보며, 딸을 키우다 보니 여아를 선호하게 되었다고 말한다.

서우야, 그래도 친구의 친구는 안 돼, 이런 말은 하지 않을 생각이다. 그저 내가 차가운 물과 뜨거운 물을 섞어 적당한 수온을 맞춰줄 수 있을 때 적절한 경험을 했으면 한다. 그리고 여럿 가운데 특별한 것을 좋아했으면 한다. 특별한 것이면 충분하다. 나중에 누군가가 무엇을 좋아하느냐고 물어보면, 나는 무엇을 좋아한다고 말할 수 있으면 한다. 그것으로 족하다. 단, 나쁜 것을 피했으면. 하지만 그것도 과욕이겠지. 도리어 딸이 사랑하는 것들을 온전히 선호하려 애쓰고 싶다.

무슨 낙으로 사느냐고 묻는다면

어릴 때는 지금과 다른 꿈을 가졌던 것 같다. 주목받고 싶었다. 공부든 싸움이든 일등을 해보고 싶었다. 물론 이런 소망이 이루어진 바는 없다. 어릴 적 나는 후미진 해안가와 비슷했다. 파도는 잔잔했고 애잔하게 밀어붙였으니 모래사장은 빈약했다. 텔레비전을 즐겨 봐서 가지고 싶은 것은 많았다. 하지만 용돈은 적었기 때문에 대부분 그림의 떡이었다. 금색 곰이 그려진 바람막이 점퍼가 하나쯤 있었으면 했는데 그 바람은 결국 이루어지지 않았다.

〈슬램덩크〉와 〈드래곤볼〉을 전부 봐서 도전이라는 것이 뭔지는 알았지만, 강백호의 근성과 손오공의 의지는 나에게 스며들지 못했다. 오히려 제정신이 아닌 날이 더 많았다. 아마도 성장

호르몬 때문이리라. 급격하게 자라는 키를 주체할 수 없었고 직모에서 곱슬머리로 전환되는 격변은 나에게 힘든 경험이었다.

이차 성징이 나타날 즈음, 나는 스트레이트 퍼머 약과 비디오에 꽂혔다. 전자는 거꾸로 강을 거슬러 올라가는 연어를 닮은 의지였다. 머릿결 걱정 없던 초등학생 시절로 회귀하고 싶었다. 텔레비전에 나오는 연예인의 머릿결을 닮고 싶었다. 그 머릿결이 있으면 나도 인기 있는 남학생이 될 수 있지 않을까 생각했었다. 교실에서, 방에서 틈틈이 머리를 손질했지만, 뜻대로 되지 않았다.

비디오는 그나마 건전한 취미 생활이었다. 어떤 영화는 마음을 쿡 찔렀고, 또 다른 영화는 알 수 없는 뭉클함을 줬다. 경험하지 못한 세계, 여행, 모험, 관능이 간지럽혔고, 나는 매료되었다. 사실은 정지된 영상이었다. 하지만 찰나에 서른 장도 넘게 제공되므로 살아있게 되는 것들. 작은 브라운관은 뜨거운 열을 내면서 환상을 지치지 않고 토해냈다. 나는 생라면을 부숴 먹으면서 욕망도 함께 씹어 삼켰다. 내가 소유하지 못했던 감각과 경험은 테이프 개수만큼 많았다. 반면 도달할 가능성이 있는 세상은 내 방만큼 작아 보였다. 그렇게 화면 앞에서 보내는 날은 공허했다. 하루는 쉬는 시간처럼 흐르고 밤은 시험 기간처럼 다가왔다.

더 허무한 것은 제목이 기억이 안 난다는 것이다. 그렇게 무수하게 보았던 영화의 제목이 지워져 버렸다. 대여점으로 가는 길은 떠오른다. 나는 빙글빙글 돌아갔다. 그냥 지나쳐야 하는 막다른 골목길로 종종 들어가곤 했다. 길고양이의 뒤를 쫓아서, 혹은 구석에 세워진 오토바이가 근사해 보여서일 수도 있다.

나는 낯선 대문 앞에 앉아서 시간을 보내곤 했다. 작은 소방도로 건너편의 화분, 그리고 삐죽한 담 너머 낮은 나무들. 공평하게 박혀 있는 전신주, 이어져 있는 전깃줄을 보았다. 그 뒤로 하늘이 보였다. 그것을 보고 있노라면, 뭐랄까, 미래가 담담하게 느껴졌다. 막혀 있지 않고 결국 어디로 이어질 것 같은 느낌이었다. 그것이 나를 더 머물게 했다. 그럴 때는 무스를 바른 머릿결이 아무래도 좋았다. 보고 싶은 신작을 다른 사람이 먼저 가지고 가도 관계가 없었다.

어느 아침에 단골손님이 나에게 술을 한잔하자고 했다. 나는 글쎄요, 라고 대답했다. 딸이랑 놀아줘야 하고, 아내 허락도 받아야 하고 절차가 복잡하다고 말했다. 그러냐고 미소 짓는 그를 보며 나도 웃었다. 하지만 속으로 할 말이 많았다. 어릴 때는 다른 세계, 이런 것이 참 부러웠는데 어떻게 하다가 이런 생활 양식을 가지게 되었는지 모르겠다고 말하고 싶었다. 덧붙여서 지금 삶이 그런대로 좋다고 말하고 싶었다.

이제는 나이를 제법 먹어서 전깃줄이 과거로부터 온 것이 아니고 미래로 이어진 것도 아니라는 것을 알게 되었다. 바다도 거의 보지 못하지만 답답하지는 않다. 반복되는 짧은 출근길, 두 딸을 태워서 가는 퇴근길도 즐겁다. 집에는 육포도 있고 맥주도 몇 캔씩 늘 있으므로 일탈은 충분하다.

해서, 나는 골프를 배우거나, 해외여행을 가거나, 타인과 술을 마시거나, 불안을 공유하거나, 맛있는 것을 먹으러 가는 것이 크게 필요하지 않게 되어버렸다. 오히려 이 작은 일상을 지키고 책임지는 것 그리고 그 속에서 의미를 찾는 일이 좋다. 아내를 보는 것, 딸과 놀아주는 것, 카페에서 노동을 나누는 것이 무엇보다 행복하다.

요즘 나에게 호환 마마보다 무서운 것은 내 마음이 원하지 않는 욕망과 타인이 갈망하는 지평이라 생각된다. 정 사장은 도대체 무슨 낙으로 사느냐고 묻는 손님에게 해주고 싶은 말이다.

오히려 두 딸은 꿈이 겁 없이 돋아나는 모양이다. 유치원에서, 어린이집에서 뭔가 듣고 배우다 보니 세상 넓은 줄 알아간다. 얇고 작은 태블릿을 켜면 정교하게 만들어진 콘텐츠가 실존하는 듯 움직인다. 서우는 꿈이 많이 생겼는지 이 노래를 시도 때도 없이 부른다.

꿈꾸지 않으면 사는 게 아니라고, 별 헤는 맘으로 없는 길 가려네. 사랑하지 않으면 사는 게 아니라고, 설레는 마음으로 낯선 길 가려 하네.

이 노래를 부르는 서우의 입매를 보면 뭔가 뭉클하다. 야무진 발음처럼 성큼성큼 미래가 오는 느낌이랄까. 딸의 장래 희망은 하루 간격으로 바뀌는데, 또 오늘은 어떤 꿈을 꾸고 있는지 모를 일이다. 아마 나처럼 한자리에 머무는 것이 바람은 아닐 것이다.

여기는 웰컴 키즈존이에요

4월엔 카페 문을 일찍 닫는 날이 며칠 생기지 싶다. 바리스타 중 한 명이 긴 휴가를 떠나기 때문이다. 손님들에게 미안한 마음이 들지만 나는 내심 다행이라고 생각했다. 누구나 환기가 필요하기 때문이다. 운전하다가 졸음이 오면 응당 졸음 쉼터에 차를 세워야 하는 것과 비슷하다. 조금 늦더라도 몸을 온전히 신선한 공기에 맡겨야 한다. 고속도로 한쪽에 마련된 낯선 벤치에 앉아서 담배를 물거나 고개를 이렇게 저렇게 돌려서 구름 저편으로 피곤을 쫓아야 한다. 그러면 어느 순간 정신이 들고 다시 달릴 수 있다.

　갑작스럽게 휴가를 갖게 된 H는 서글픈 사연을 가지고 있다. 어린 나이에 결혼했고, 이혼했다. 밤그늘 같은 이야기가 배경이 되어서 도리어 그녀를 더 돋보이게 하는 것 같기도 하다. 그동안 새로운 시작을 위해서 열심히 사는 듯이 보였다. 하지만 삶이 더는 나아가지 않는다고 느낄 때는, 새로운 세상을 잠시 만나는 것도 필요하지 싶다. 수줍은 표정으로 H는 태어나서 처음으로 비행기를 탄다고 했다. 오랜 고향 친구들과 외국으로 간다니 얼마나 응원할 일인가.

며칠 전 이런 일이 있었다. 유모차를 끌고 온 손님이 아기를 밖에 두고 문으로 얼굴만 빼꼼이 내밀고는 물었다.

"혹시, 여기 노키즈존인가요?"

나는 잔받침을 리넨 행주로 닦으면서 웃었다.

"저희 웰컴 키즈존이에요, 편하게 있으시면 됩니다."

엄마는 고개를 숙이며 들어왔다. 잠든 아기는 12개월도 안 되어 보였다. 나는 작은 목소리로 물었다. "아기 이뻐요. 몇 개월이에요?"

나는 내향적인 편이지만 아기와 동행하는 손님을 보면 말이 많아진다. 아기가 방긋 웃으며 나를 봐주면 안아준다. 조심스럽게 조명을 만지게 한다든지, 책장을 보여주며 이런저런 말을 건넨다. 엄마가 잠시라도 편하게 커피를 마셨으면 하는 바람에서다. 용기를 내어 외출한 듯한 새내기 엄마를 만나게 되면, 우연히 후배를 만난 것처럼 반가운 마음이 든다.

아기가 울기라도 하면 엄마는 보통 서둘러 집으로 가려고 한다. 아기에게 낯선 환경이기 때문에 당연한 일이다. 그러면 나는 아니라고, 괜찮으니 더 있다가 가시라고 말한다. 우리 카페 손님들은 아기 울음소리에 크게 신경 안 쓴다고, 걱정하지 마시라고 말한다. 그렇게 말하고 디카페인 커피를 더 챙겨 주는 편이다.

아이가 있는 집은 특유의 향이 있다. 정체된 공기의 질감이 있다. 아기가 쉬지 않고 조금씩 자라는 만큼, 해야 할 일이 무수하게 쌓여 간다. 편하게 밥을 먹는 것도, 쌓인 그릇을 해결하는 것도 어려운 일이다. 거실 바닥에는 아기의 반경이 넓어지는 만큼 무언가 널려 있게 된다. 아기는 때때로 웃음으로 우리에게 보람을 주지만, 말을 걸어오듯 자주 울기 때문에 창밖을 바라보는 것도, 창문을 열어서 잠시 다른 생각을 하는 것도 어려운 일이다. 그 시간을 혼자 감당하는 것은 보통 일이 아니다.

우리는 비혼 시절, 결혼을 원했다. 안정적인 소속감을 느끼기 위해서 가정을 꾸렸다. 하지만 바라던 것이 실제가 되었는데 오히려 우울감이 드는 것 같다. 그것은 아마도 반복되는 하루가 쳇바퀴의 회전을 닮았기 때문이지 싶다. 집이라는 공간에는 부부의 감정도 넘쳐나지만, 아기의 감정도 넘쳐난다. 그 감정이 늘 따뜻한 사랑이기는 어렵다. 어떤 날은 힘써 모난 마음을 조금씩 풀어나가지만 대개 쌓이거나 부유한다. 그것을 해결하는 것이 생각보다 어렵다. 그러면 봄볕도 우울하게 느껴진다. 그럴 때는 모든 것을 내버려두고 잠깐이나마 밖으로 나가는 것도 좋은 일이지 싶다.

가까운 산책로를 걷는 것은 어떨까. 먼산을 보고, 하천의 흐르는 물을 보며 바다 같은 푸른 미래를 그려보는 것은 어떨까. 그 길가에 마음 편히 들어가 쉴 수 있는 공간이 있다면 잠시 머무는 것도 좋겠다. 그것이 우리 카페라면 기쁜 일이다. 구석진 곳으로 가지 말고 봄 산이 보이는 창가에 앉았으면 좋겠다. 거기서 편하게 마음을 풀었으면 한다.

작은 차를 타고 하루 동안 집을 떠나는 것은 어떨까. 카시트가 낯설어서 아기가 한동안 울 수도 있겠다. 하지만 평생 좌절로부터 보호해줄 수 없다면, 몇 번의 꺾임을 부모라는 그늘 안에서 경험하는 것도 현명할 듯싶다.

어른도 때로는 숨을 쉴 구멍이 필요하다. 잠깐이라도 그런 시간을 가지면, 해결은 되지 못하지만 어느 정도 해소되는 부분도 있다.

어른이라고 했지만, 내가 완전한 어른이 아니라는 것을 알고 있다. 대개 우리는 어른인 척, 의연한 척하지만, 어떻게 늙어가야 할지 모른다. 아이는 자라는데, 어떻게 살아야 한다고 정확한 길을 알려주기가 어렵다. 아빠라 불러주어서 아빠가 되었지만, 부족함을 느낀다. 내가 줄 수 있는 것보다 주지 못하는 것들이 더 많다.

내가 두 딸에게 남길 수 있는 유산이 무엇이 있을까. 스스로 적절한 쉼표를 찍을 수 있는 사람으로 자랐으면 한다. 맹목적으로 바쁘게 살아가기보다는, 자신의 마음을 잘 돌보며 살아갔으면 좋겠다. 일상을 성실히 유지하면서도 완전히 지쳐서 멈춰버리기 전에 자신을 다독일 수 있는 어른이 되었으면 좋겠다.

H에게도 괜찮은 시간이 되길 바란다. 다른 빛과 온도와 공기의 질감 속에서 무거운 마음을 해소할 수 있었으면 한다. 부유하던 걱정에 관심을 끄고 있으면 언제 그랬냐는 듯 가라앉을 것이다. 그때, 쓸어버리면 된다.

바리스타는 타인을 행복하게 만드는 직업이므로 자신도 어느 정도 그것에 가까워야 한다. 부모도 자식을 행복하게 해야 할 의무가 있으므로 그것에 가까워야 한다. 둘 다 쉬운 일은 아니지만, 그래도 충분히 애써볼 가치가 있다고 생각한다.

몸보다 마음을 더 쓰는 아빠

요즘 주말에는 나무 그늘이 많은 오래된 공원에 간다. 놀이터는 평일 저녁마다 자주 가기 때문에 배제하고, 쇼핑몰과 놀이동산은 아무래도 경제적으로 부담이 되므로 이따금 간다. 생수 몇 병과 캠핑 의자를 트렁크에 넣고 한적한 공원으로 가면 주말 오후가 편안하다.

갈 때마다 놀이 패턴은 달라지는데, 어떤 날은 돌을 쌓아 탑을 만들고 어떤 날은 물을 부어서 진흙 놀이를 한다. 미끄럼틀이나 그네는 없지만, 잘 논다. 화장실에 데리고 가거나 모기 기피제를 뿌려주거나 틈틈이 수분을 보충시켜주는 것을 빼면, 나는 그저 바라보면 된다.

지난주에는 두 딸이 개미에 푹 빠져서 시간을 보냈다. 곧 장마라서 그런지 개미들이 유독 분주하게 움직였다. 서우는 무질

서하게 움직이는 개미들을 쫓거나 드나드는 구멍을 찾느라 신났다. 처음에는 단순히 바라보기만 하다가 어느 순간부터 먹을 만한 것을 집 입구로 옮겨주거나 개미들이 이름 모를 애벌레를 공격하면 못 하게 방해를 한다거나 하면서 놀았다. 온이도 옆에서 삐악삐악 소리를 내며 언니를 도왔다. 실제로 삐악거린다. 개미들 입장에서는 난처할 노릇이지만, 나는 살생을 하지 않는다면 개입을 하지는 않는 편이다. 개미 덕에 여유가 생겼다. 아내도 세로토닌이 만들어지는지 의자에 앉아 연신 발을 파닥거린다.

　나는 슬그머니 책을 꺼내서 읽는다. 수업 시간에 몰래 먹는 과자가 꿀맛이듯, 짬짬이 읽는 글은 울림을 주는 경우가 많다. 하지만 다소 산만한 나는 진득하게 책을 끼고 앉아 있지도 못한다. 그것이 도리어 장점이다. 그 틈으로 나만의 생각을 할 수 있어서 좋다. 좀이 쑤신다 싶으면 하늘을 본다. 이 나무 저 나무의 뒷면을 구경한다. 그러다가 잔잔한 바람이 불면 시원해서 고맙고, 잎의 앞면이 보이면서 공간 전체가 신선해진다. 그러면 여기가 동네 공원이 아니라 다른 풍경 속으로 들어온 느낌도 든다. 그렇게 잠시 평화로운 오후를 보냈다.

　아이들과 함께하는 시간은 질서를 갖춘 클래식보다 변주가 있는 재즈에 가깝다. 작은딸 온이가 개미들이 먹던 삭은 자두를 먹다가 나에게 딱 걸렸다. 민망한지 눈을 동그랗게 떴지만, 그렇다고 한 번 입에 댄 자두를 포기하지는 않았다. 나는 둘째의 끈적한 손을 잡고 화장실로 갔다. 순간 화가 나서 잔소리를 했지만 차가운 물에 손을 씻겨주면서 별것 아닌 일이 되었다. 온이가 씻은 손을 입에 넣으면서 맛있다고 말하는 모습이 몹시 귀여웠기 때문이다. 그날도 아이들이 배고프다고 이야기할 때까지 나무 아래에서 시간을 보내다 집으로 돌아왔다.

이렇게 하루를 보낸 나를 성실한 아빠라고 생각할 수도 있겠지만, 실상은 그렇지 않다. 아내는 나를 아빠로서 평가할 때, 몸보다 마음을 더 쓰는 아빠라고 이야기한다. 오묘한 표현인데, 정확한 표현이다. 나는 일단 체력이 그렇게 좋은 편이 아니다. 체력의 많은 지분을 카페에서 사용하는 편이라 집에 오면 피곤한 날이 많다. 장사가 잘된 날은 몸이 피곤하고, 장사가 안 된 날은 마음이 피곤해서 몸에 힘이 안 들어간다. 결론적으로 A급 아빠는 아니라는 말이다. 아이들과 밖으로 자주 나가는 이유도 나의 체력과 놀이 레퍼토리가 부족하기 때문이다.

다만 피곤해도 붙어 있으려 노력하고 딸을 바라보려 한다. 물론 이런 시선도 진득한 것은 못 된다. 마음이 다른 곳으로 툭툭 튄다. 그래도 맥주 한잔의 유혹을 잘 참고 지긋하게 바라보는 편이다. 나는 사건이 발생하기 전까지 궁둥이를 붙일 곳이 있으면 앉아서 아이들을 보는 스타일이다. 몸을 덜 움직이는 것처럼 보일 수 있으나, 야구 감독처럼 이렇게 저렇게 전반적인 상황 파악을 하고 있다고 말하고 싶다. 물론 빈틈은 있지만.

고된 날은 서우와 온이가 책이라고 상상하면 마음이 한결 수월하다. 신선한 문장을 만나기를 기대하면서 꾸역꾸역 읽어내려 가듯이 아이들을 본다. 그러면 대개 작은 지점에 닿는다. 의무와 의미가 종종 만난다. 하루는 나의 기억 속에 얼기설기 쌓이고, 딸들은 나름대로 근사한 일들을 경험한다. 기분이 좋아져서 덜 다투고 돌아오는 길에 흥겨운 노래를 흥얼거린다.

그러고 보면 바리스타도 바라보는 것이 중요한 일이다. 손님이 오든 오지 않든 거리를 바라볼 수밖에 없다. 매장을 전체적으로 보고 있다가 손님이 나가면 자리를 말끔히 치워야 하고, 커피를 내릴 때는 에스프레소의 물줄기를 끝까지 바라봐야 한다. 지루해 보이지만, 마음속은 어떤 일보다 복잡한 직업이다. 그런 일을 무사히 해내고 나면 손님들은 나름대로 기쁜 기억이 생기고 다시 우리 공간을 찾는다.

그나저나 요즘은 두 딸에게 하는 잔소리가 많이 늘었다. 경계를 넘은 행동을 하면 지나치게 재단하는 경우가 많다. 아직 어리므로 이 정도면 충분히 잘하는 편인데 금세 잊는다. 역시 나는 서투른 아빠다. 두 딸이 닭똥 같은 눈물을 흘리면서 아빠가 싫다고 선언하면, 뒤늦게 진심 어린 사과를 한다. 모든 것은 습도 때문이라 생각하면 마음이 편하다.

그림 같은 주말을 선물해주는 두 딸에게 고마운 마음을 잊지 말아야지, 하고 다짐한다. 한밤에도 한낮의 더위가 완전히 식지 않는 이런 계절에는 그런 마음이 필요하지 싶다.

사랑이면 충분하다

며칠 전 카페에 반가운 손님이 찾아왔다. 우리 공간에서 잠시 일을 했던 다솜 씨가 오랜만에 방문했다. 워킹홀리데이에서 돌아온 지 얼마 되지 않은 상황이었다. 그녀의 SNS를 팔로우하고 있었기 때문에 근황은 잘 알고 있었다. 맥락은 알 수 없지만, 이국적인 풍경 속에서 그녀의 모습은 평온해 보였다. 얼굴은 풋풋하게 웃고 있었다. 실제로 본 그녀도 크게 다르지 않은 듯했다. 예전보다 살이 조금 빠져 보이는 것 빼고는.

　커피를 내려서 그녀 앞에 놓았다. 마침 손님이 뜸해서 나도 잠시 앉았다. 좋아 보인다고 말했더니, 외국인 노동자의 삶이 만만하지는 않았다며 이야기를 시작했다. 가서 했던 일에 대해서, 새롭게 시작한 사랑에 대해서, 체력을 완전하게 소진하고 침대에 누워서 보냈던 휴일에 대해서, 모든 체류 일정을 마무리하고 떠난 유럽 여행에 대해서, 그곳에서 당한 소매치기에 관해서 이야기했다. 정성스럽게 손으로 만든 액세서리를 판매하는 여인처럼 소박하지만 흔하지 않은 지난 시간을 풀어놓았다. 나는 멋진 시절이라 생각했다. 그러나 그녀는 복학을 앞두고 걱정이 많았다.

그녀는 '현타'라는 신조어를 썼다. 학교에 다시 돌아가려고 하니, 앞에 놓인 현실이 주는 타격감이 상당한 모양이었다. 공인 시험 점수와 자격증과 거쳐야 하는 인턴 과정이 상당히 많은 듯했다. 그녀에게 힘이 되고 싶었고, 뭐라고 조언을 해주고 싶었지만, 막상 나도 비슷한 처지였다. 잠시 앉아 있는 동안 설거지 거리가 꽤 쌓였다. 손님들도 삼삼오오 모여들기 시작했다. 손목에 뻐근한 느낌이 들도록 커피를 내리고, 머그잔을 씻는 동안 다솜 씨가 가야 할 시간이 되고 말았다. 그녀는 다시 오겠다는 인사말을 남기고 홀연히 떠났다.

그녀가 떠나고 쌓인 설거지와 밀려드는 주문을 혼자 해결하면서 두 딸의 미래에 대해서 생각하지 않을 수 없었다.

요즘은 초등학교 4학년 때부터 사춘기가 온다고 하던데. 그때부터 좋은 시절은 가고 현실의 압박을 느낀다고 하던데. 사교육의 문이 열리고 부모의 재산이 비교되고, 취업하는 날까지 사춘기가 계속된다고 하던데. 수세미에 뜨거운 물을 적시면서 이런저런 생각을 했다. 걱정이 되었다.

아직 서우와 온이는 현실을 모른다. 앞에 놓인 시간을 짐작조차 못 할 것이다. 왜냐하면 아내와 나의 그늘에서 살고 있으니까.

부모는 방파제 같기도 하다. 자신은 침식되어도 자식을 현실의 파도로부터 보호하려 한다. 만약에 부모가 늙지 않는다면 자식을 평안하게 보호하고 싶을 것이다. 하지만 현실은 그렇지 않다. 우리는 늙어 작아지고 자식들은 큰다. 그렇기 때문에 조바심이 든다. 두 딸에게 잔소리하는 것도 아이가 가까운 미래에 맞이하게 될 시련이 두렵기 때문이다.

그래서 이런저런 이야기를 반복한다. 넘어져도 스스로 일어서야 한다는 것에 대해서, 응당 가져야 하는 성실에 대해서, 타인을 배려해야 하는 것에 대해서. 우화 속에 녹여서 말한다. 이런 이야기를 얼마나 납득할까. 노파심에 반복하게 되고 나는 투머치토커가 된다.

첫째는 내년에 초등학생이 되고, 가끔 하의를 입은 채 오줌을 누는 둘째는 내년에 유치원에 들어간다. 벌써 세월이 그렇게 흘러갔다. 두 딸은 쑥쑥 자라기 때문에 앞날이 그려진다. 그래도 아직은 좋은 시절임을 인정한다.

글을 모르는 서우는 책을 보면 이야기를 지어낸다. 단어를 많이 모르기 때문에 말을 할 때 한 템포 느리게 말한다. 온이는 아직 가보지 못한 곳이 많다. 해서, 다른 공간을 방문하면 심하게 흥분하고 두리번거린다. 그런 모습을 보면 두 딸에게 이 세상은 새로운 감각과 긍정적 가능성이 가득 존재하는 공간이다.

다솜 씨가 아일랜드에 처음 도착했을 때도 비슷했을 것 같다. 다른 위도와 경도에서는 모든 것이 새롭게 느껴졌을 것이다. 태양이 비치는 입사각이 다르므로 색감도 달랐을 것이고, 대기의 습도와 질감도 달랐을 것이다. 모국어로 생각하고 외국어로 말하는 것은 마치 내가 글을 짓는 것과 비슷하지 싶다. 고치고 또 고쳤을 것이다. 한국에서 느끼지 못했던 것을 아마도 많이 느꼈을 것이다.

다행스럽게도 서우는 아직 외국 여행을 가고 싶어 하지는 않는다. 거의 매일 가는 놀이터도 이국의 낯선 골목처럼 뜻밖의 발견이 있는 곳이기 때문이다. 어제는 매미 유충을 한 마리 잡았다. 살아 있는 유충을 처음 만져보는 아이의 손끝에 긴장감이 선명했다.

조금 있으면 어른 매미가 된다고 하니까, 서우는 믿을 수 없다는 눈치였다. 날개가 돋아날 곳을 상상하기는 어려웠다. 몇 년을 땅속에서 살았고, 비가 많이 와서 숨을 쉴 수가 없어서 나왔다고 하니까, 더더욱 믿을 수 없다는 눈빛이었다. 곧 죽는다는 사실에도 고개를 갸우뚱했다. 믿을 수 없다고 해도, 사실은 사실이었다.

날이 저물어 집으로 들어오는 길에 굵은 나무에 유충을 내려놓았다. 온수를 받는 동안 서우는 옷을 허물처럼 벗어 놓는다. "아빠, 나 아이패드 잠깐만 보면 안 돼요?" 하고 물어본다. 나는 웃으면서 고개를 끄덕였다. "아빠, 아이스크림" 한다. "이쁘게 말하면 주지." 내가 말한다. 사소한 하루가 이렇게 저물어 간다.

며칠 전 태풍이 왔고 곧 소멸했다. 하지만 완전히 사라진 것이 아니었다. 이동성 저기압이 되었다. 많은 비가 왔다. 하염없이 흘러내리는 것들을 보면서 문득 사랑이든 열정이든 걱정이든 완전히 사라지는 것이 아니라는 생각이 들었다. 다만, 다른 환경에 닿으면 다소의 동요와 함께 조금씩 바뀌는 것이 아닐까 하는 생각을 했다.

날씨가 점점 더워진다. 남쪽 바다에서 기원한 바람은 고온다습이다. 그런데도 매미는 열심히 운다. 어두웠던 과거도, 성충이 되어 느끼는 현실의 타격감도, 얼마 남지 않은 목숨도, 사랑이면 충분한 모양이다.

일상에 쫓겨
소중한 순간들을 놓치지 않기를

가구를 들어낸 곳은 시간의 흔적이 많았다. 녹아버린 사탕, 실수로 넘어간 크레파스, 무언가를 그린 종잇조각, 장난감의 부속품이 집 안 구석구석에 있었다. 나는 쓰레기를 줍고, 서우와 온이가 반가워할 만한 작은 물건은 호주머니에 넣었다. 소파 밑에서 굴러다니다 뭉쳐버린 먼지는 쓸어서 비닐봉지에 담았다. 말끔해진 바닥과 허전한 벽을 보니 비로소 이사하는 것이 실감되었다.

'집아, 그동안 고마웠다' 하면서 방마다 붙어 있는 낡은 벽지를 어루만졌다. 바랬지만, 친숙한 질감이 손끝에서 느껴졌다. 벽지를 따라가면서 이곳저곳을 만져보았다. 그러다가 책장이 있었던 곳에서 오랜만에 보는 흔적을 발견했다. 나는 그것을 사진으로 남겼다.

가려졌던 벽지에는 짧은 선 몇 줄이 평행하게 그어져 있었다. 첫째 딸 서우의 키를 표시한 흔적이었다. 빛바랜 기록은 2015년 어느 날에 멈춰져 있었다.

그해 가을 둘째 딸 온이가 태어났다. 아내가 아픈 날이 유독 많았고, 서우도 어린이집을 다니기 시작하면서 밤에 엄마를 많이 찾던 시절이었다. 온이가 깨면 새벽에 내 품에서 잠드는 날이 많았다. 나름 애쓰며 살았는데, 이렇게 끊어진 기록을 보니 서글픈 마음이 들었다.

그 자리에 앉아 있는데 아내가 들어왔다. 아파트 관리소에 가서 이것저것 정산을 하고 오는 길이었다. 아내는 대뜸 "이렇게 보니까 우리 집 참 넓고 이쁘네" 하고 말했다. "그러게, 넓고 이쁘네. 이제 진짜 마지막이네." 내가 말했다.

처음에는 우리 둘뿐이었다. 아내는 태명이 별이었던 서우를 뱃속에 품고 있었고, 우리는 풋풋한 신혼이었다. 원룸에서 이사를 왔기 때문에 살림도 별것이 없었다. 도배만 하고 들어왔는데, 아내는 자기가 색을 고르는 센스가 있다며 몇 달 동안이나 참새처럼 짹짹거렸다. 떠나는 집을 이쁘다고 말하는 그녀를 보니 옛 생각이 떠올라 혼자 웃었다.

그 시절, 작은 거실은 우리에게 넓었다. 채울 세간도 뭔가를 살 여유도 없었다. 그저 아껴서 저축하고 살아야지 하는 생각을 했었다. 하지만 곧 서우가 태어나자 버는 대로 돈을 쓰기 시작했다. 어느새 기저귀와 아기 옷을 넣을 수 있는 수납장이 생겼고, 첫째가 뒤집기를 할 즈음에는 놀이 매트를 샀다. 둘째가 생겼을 때는 가족 침대를 할부로 결제했다.

매해 어린이날, 생일, 크리스마스마다 작은 장난감이 풀잎처럼 자연스럽게 돋아났다. 물건이 늘어나자 정리 상자도 사들였다. 상자가 방 한쪽에 쌓였다. 가끔 내가 아이들에게 잘못해서 미안한 마음이 들 때는 조금 더 비싼 장난감을 선물했다. 그런 것들이 작은 집을 조금씩 풍성하게 만들었다.

어젯밤, 이사를 하는데 기분이 어떠냐고 물으니 온이는 이해를 못 했다. 아마도 오늘 밤 떠나온 집을 찾을 터였다. 서우는 섭섭하다고 했다. 무엇보다 놀이터에서 친하게 지냈던 서희 언니를 못 보는 것이 슬픈 모양이었다. 밤이 깊어져서 집에게 작별 인사를 하자고 하니, 이런저런 추억을 말하던 서우는 결국 울음을 터트렸다. 우는 딸의 등을 토닥토닥하다 잠이 들었다.

오늘 내 기분도 썩 가볍지는 않았다. 이사를 한다는 것이 원래 그런 것 같다. 긴 호흡으로 갚아야 하는 대출 서류에 내 이름을 여러 번 적으면서 실제로 미래가 보이는 것처럼 느껴졌다.

10년, 20년, 30년 뒤. 손에 땀은 왜 그렇게 나던지. 늙어가는 아내의 모습이 그려졌다. 동시에 고등학교에 들어가는 서우, 대학교에 들어가는 서온이, 학사모를 쓴 딸들의 모습이 오래된 영화의 한 장면처럼 자연스럽게 떠올랐다. 그것은 우리 부부에게 없을 성장을 의미했고, 어쩌면 희망처럼 느껴졌다. 기록하지 않아도 쑥쑥 자란 것처럼 우리 앞에 놓인 시간 속에서 무심히 자랄 것이 분명했다.

집을 떠나기 전에 마지막으로 놀이터에 잠시 들렀다. 혹시나 서희가 있으면 작별 인사를 하고 싶었다. 두 딸과 뛰어놀던 놀이터도 사진으로 남겨두고 싶었다. 텅 빈 놀이터를 담았다. 한참을 머물다 딸들이 집으로 돌아올 때 마중 가는 길을 걸었다. 다시 오지 못할 길은 별것 아니지만 아름다워 보였다. 나는 터벅터벅 걸어서 주차장으로 갔다.

새집은 처가와 가까이에 있다. 아마도 아내의 언니네 가족과 함께하는 시간이 늘어날 것이다. 그럼에도 새로운 공간에서의 삶도 지난 세월과 비슷하지 싶다. 우리 부부가 원하는 것보다 두 딸이 원하는 것들로 공간이 채워지고, 깨끗한 벽지에는 서우와 온이의 흔적이 하나둘 돋아날 것이다.

이것을 바람이라고 해야 할까, 다짐이라고 해야 할까. 바쁜 일상에 쫓겨 소중한 순간들을 보이지 않는 곳으로 넘겨버리지 않길. 알게 모르게 마음 바닥에 쌓이는 먼지 같은 불안을 성실히 털어내길. 우리 부부가 서로를 바라보는 눈빛이 사탕만큼은 아니라도 그런대로 달콤하길. 이 마음이 녹지 않길.

우리의 첫 이사 날에는 비가 커튼처럼 내렸는데, 오늘은 맑다. 밤에는 별이 빛나고 달도 보이겠지. 온달이 아니어도 소원을 빌어야겠다.

성실의 관성

'희망이 되자'라는 짧은 문장을 자주 적었던 시절이 있었다. 목표를 이루는 사람이 되자는 의미로 썼던 것 같다. 한 번에 성취를 이루는 것이 중요했다. 그래서 부모에게 자랑스러운 아들이 되고 싶었다. 시험을 포기하지 않고 통과해서 후배들에게 귀감이 되는 것을 인생의 목표로 삼았던 시절이었다.

새로 산 책이나 연습장 앞에 늘 그런 문장을 썼다. 잠시 앉는 도서관 책상에도 그 문구를 포스트잇에 써서 붙여 놓고 공부를 시작했다. 돌이켜보면, 살면서 내가 이룬 것은 별로 없으므로 버릴 수밖에 없는 문장이 되었다. 그래서 더는 그런 글을 붙여 놓는 짓은 하지 않는다. 그런데도 여전히 마음 한구석에는 그런 낭만이 존재한다는 느낌을 지울 수가 없다.

세계 전체가 돈을 가장 크게 대우하는 세상이 된다고 할지라도, 이미 그렇더라도, 집과 카페를 지독하게 반복하는 평범한 일상이라 할지라도, 어떤 작은 의미가 있을 수 있다면 그것도 희망이 되는 하나의 방법이 아닐까 생각한다. 그 믿음 덕분에 가끔은 이렇게 숨어서 글을 쓰고 있다. 흐릿한 감정이라도 따뜻한 문장 몇 줄로 환원될 수 있다면, 나에게는 세상이 살 만하다는 명확한 증거이기 때문이다. 그 증거를 우려내기 위해서 술보다 커피를 마시고 이성을 날카롭게 하려고 노력하는 편이다.

그런데도 가끔은 부질없는 마음을 담은 긴 글을 쓰고 마는 경우가 있다. 얼마 전에 서우에게 슬픈 일이 있었고, 그 일을 변호하기 위해 나도 모르게 쓸데없이 앙금을 남기는 행동을 한 적이 있다. 딸을 무릎 위에 앉혀 놓고 이야기를 들어보니, 서우에게 별명이 꽤 생긴 모양이었다. 아직 어려서 얼굴에 솜털이 많은데, 그것 때문에 초등학생 언니들이 수염 생쥐라고 놀렸고, 늘 늦기 때문에 뒷순이라는 별명이 붙은 모양이었다. 무용학원에서 눈 감고 잡기 놀이를 하는데, 그 게임이 하기 싫은데도 할 수밖에 없었고, 그것도 늘 술래만 하게 된다고 말하며 서우는 결국 울음을 터트리고 말았다. 그 감정이 나에게 온전히 들어와 한 편의 글이 만들어졌다. 그 글은 누구에게도 보여줄 수 없었다. 쓴맛이 가득한 감정만 재생산되는, 필요 없는 앙금만 남기는 언어의 조합이었기 때문이었다.

그런 글을 쓰고나서 나는 한동안 따뜻한 마음을 갖기가 어려웠다. 정신을 조이던 나사가 몇 개쯤 빠진 것처럼 기운이 없었다. 미간의 주름은 더 깊어졌다. 그래도 늦은 밤마다 두 딸과 나는 밖으로 향했는데, 그것은 딸보다 나를 위한 행동이었다. 어두운 곳에서는 나의 우울한 표정이 잘 보이지 않아서 좋았다. 지나간 일은 이미 아무것도 아닌 듯 뛰어다니는 서우를 천천히 따라다니면 기분이 조금씩 풀리는 느낌이 들었다.

가을 태풍에 누워버린 갈대를 뒤적거리며 메뚜기를 찾는 손끝을 지켜보거나, 작은 하천이 넘쳐흘러 쌓인 산책로의 뜬금없는 모래톱에서 조약돌을 찾아내는 모습을 바라보았다. 그런 모습을 보고 있으니 냉소적인 마음이 잔잔해지는 것 같았다. 다리가 뻐근해서 바위에 앉아 있었더니 두 딸이 이쁘게 생긴 돌멩이를 두 손 가득 들고 왔다. 그 돌이 보물처럼 느껴져서 나는 그것을 버릴 수 없었다.

하지만, 여전히 두렵다. 딸과 함께 점점 멀리 걸어갈수록 겁이 난다. 우리 부부가 가르쳐주는 것들, 이를테면, 공부를 못해도 된다, 조금 늦어도 아무런 관계가 없다, 너희들은 정말 소중한 존재다, 이런 고운 말로 아이들을 키우는데, 이런 말은 쉽게 허물어질 수 있는 모래성이 아닐까 생각되기 때문이다. 이것 말고는 달리 물려줄 수 있는 것이 없어서 서글프다.

스태프들에게도 비슷한 결의 마음을 가지고 있다. 내가 줄 수 있는 것이 한정되어 있기 때문이다. 그래도 머무는 동안 함께 행복했으면 좋겠다. 그들이 훗날 돌이켜보았을 때, 이곳에서 보낸 시간에서 약간의 의미를 발견하길 바란다. 해서 때때로 주제 넘게 바란다. 앞에 놓인 시간을 비관하지 않고, 성실의 관성을 유지하며 살아나갔으면 한다. 커피를 내리면서 마음을 담았으면 한다.

Y는 연애한 지 몇 년이 흘렀고, H는 연애를 시작하려는 것 같다. 사랑하면 그 존재를 알게 된다. 함께하는 시간이 늘어날수록 또 어떤 감정이 생길지 모를 일이다. 아무쪼록 최선을 다해서 사랑하는 사람을 소중하게 여기길 바란다. 우연히 찾은 낙엽같이 쉽게 부서질 존재를, 그러나 동시에 조약돌처럼 어떤 비밀을 품고 있을 사람과 한없이 깊어졌으면 한다. 세상이, 타인과의 관계가 우리의 다짐을 침식할지라도 더 지혜로워지고 더 따뜻한 맹세만 키워내길 바란다. 세상을 향한 따뜻한 시선마저 포기한다면, 사람은 도대체 무엇으로 살아가야 한단 말인가. 나도 그들 옆에 앉아서 어두운 글은 지우고 따뜻한 글만 남기고 싶다.

심심하고 반복되는 삶이, 고맙다

가을이 깊어져 밤은 금세 찾아온다. 잠깐 놀이터에서 놀아도 어
둑해지므로 둘째 온이는 벌써 밤이에요, 하고 물어본다.

나는 딸의 부스스한 머리를 매만지며 벌써 밤이네 집으로 갈
까, 이야기한다. 그러면 조금만요, 라고 말하며 후다닥 놀이터
의 가장 먼 곳으로 뛰어간다. 한 번씩 더 해보고 집에 들어가겠
다는 의지다.

얼마 전까지만 하더라도 기승을 부리는 모기 때문에 못내 집
에 들어갔는데, 요즘은 스산한 바람 덕에 비교적 쉬이 집에 들
어가게 된다. 꼭 잡은 딸의 손이 차갑다.

집은 따뜻해서 몸이 금세 데워진다. 아내가 먹을 것을 준비하
고 있고 거실 가득 푸근한 밥 냄새가 난다. 든든하게 밥을 먹고,

나는 설거지를 하고 아내는 빨래 정리를 한다.

이럴 때 두 딸은 각자 논다. 영화처럼 함께 소꿉놀이를 하지는 않는다. 서우는 아이패드를 보고, 온이는 침대에 누워서 놀아달라고 끙끙거린다. 그러면 미안한 마음에 소파에 늘어져 있기 힘들다. 놀이 매트에서 눈 감고 잡기 놀이를 한다든지, 늘 숨는 장소가 정해진 숨바꼭질을 한다.

저녁 시간이란 이렇게 특별한 사건 없이 잔잔하게 흐른다. 밤은 그렇게 반복되고 조금은 심심하게 깊어진다. 매일 같은 피날레로 아내가 조곤조곤 책을 읽어주고 나면 집 안의 모든 불이 꺼진다. 애인 오늘도 고생했어, 서로에게 말한다.

잠을 쉽게 이루든, 몇 번을 깨든 관계없이 새벽 알람은 무심하게 울린다. 나는 첫 번째 알람은 빠르게 끄고 두 번째 알람에 조금 고민하다 세 번째 알람에 꾸역꾸역 일어난다.

작년까지만 해도 몇 분 더 일찍 일어나서 운동하고 출근했는데 올해는 피로감에서 벗어나기가 어렵다. 그래도 요즘은 조금더 빠릿빠릿하게 움직이는 편이다. 카페를 오픈하기도 전에 기다리는 손님이 있기 때문이다.

나이는 나와 같은 서른여덟, 듬직한 여덟 살 아들 준아와 함께 사는 영철은, 커피 맛을 섬세하게 느낄 줄 아는 분이었다. 주문

할 때마다 원하는 향미가 있다. 어느 날은 산미가 있는, 어느 날은 보디감(끝맛의 묵직함)이 강한 커피를 원했다.

어느 날, 오늘 하늘이 참 좋다는 말을 건네듯이 자신이 간암 3기라고 고백했는데, 그 이후로 그가 오면 예외적으로 마주 앉아서 이야기를 나누게 되었다.

그는 지나간 유년 시절, 방황의 시간, 이루지 못한 꿈에 대해서 말하곤 하는데, 나는 그것보다 반복적으로 읊조리는 자식에 대한 의미에 크게 공감한다. 아들이 있었기에 가능했던 성실이라든지, 회복에 대한 의지와 믿음을 이야기할 때 고개를 끄덕인다. 들어오는 손님에 밀려서 그가 나가면, 화병에 물을 갈아준다.

꽃은 근처에 사는 윤철이 종종 가져다준다. 그의 아들 건율은 서우와 같은 일곱 살. 하루라도 물을 갈아주지 않으면 시들어버리는 생화를 보면서 자식과의 시간을 양분 삼아 살아가는 우리와 비슷하다고 생각하게 된다. 자식은 유년의 뜰을 벗어나 아동이 되면서 부모보다 친구들이 점점 더 중요해지는데, 우리는 이제 곧 말린 꽃처럼 되지 않을까 싶어서 혼자 쓴웃음을 짓는다. 그래도 활짝 핀 꽃을 말리면 이쁘고 오래가니까, 괜찮을 것 같기도 하고.

손님이 계속 들어온다. 길 건너 먼산을 바라보는 시선을 가르쳐준 경아. 늘 푸른 보린과 그녀의 가족들. 올 때마다 주전부리를 주섬주섬 챙겨 주는 연숙. 스마일 라인을 보이며 나보다 환한 젊은 미소로 응원해주는 정순. 새로운 카페가 생겨도 매일 우리 카페를 찾아주었던 선연과 친구들. 떨어지는 낙엽과 함께 들어오는 무수한 손님들. 바깥은 싸늘해도 여기가 비교적 따뜻한 것은 이런 손님의 온기 덕분이다.

오늘은 글을 쓰는 날이라 비번인 현선이 와주었다. 연애를 시작한 뒤로 얼굴이 더 화사하게 피어났다. 윤지는 최근 아픔이 있었는데도 보여주는 친절이 꾸민 것처럼 느껴지지 않는다. 그래서 그녀는 탁월한 바리스타다. 자신의 심장은 지친 듯 느리게 뛰지만, 손님의 교감신경을 툭 하고 건드려주므로. 모두 고맙다. 덕분에 힘껏 사랑하고 살아간다.

살아갈수록 시간이란 같은 모양으로 흐르는 게 아니라고 여겨진다. 어떤 사람들은 후회하며 거꾸로 역류하고, 어떤 이는 목표를 향해 격류처럼 살아간다.

나는 역류하거나 격류하기보다 나에게 주어진 하도를 벗어나지 않고 잔잔하게 흐르고 싶다. 심심하고 그저 같은 반복이어도 관계없다. 계절의 변화를 느끼고, 부서진 것은 버리지 않고 어느 한편에 귀하게 쌓아놓고 싶다.

[4부]

———

이토록 과분한 사랑

모두에게 주는 메달

지난 주말에는 서우가 다니는 유치원에서 작은 행사가 있었다. 졸업을 앞둔 원생들이 모여서 수영대회를 한다고 했다. 나는 고개를 갸우뚱했다. 아직 어린아이들이 경쟁한다는 것이 내심 마음에 들지 않았고, 혹시 서우가 결과에 상처를 받으면 어떻게 하지, 하는 노파심이 들었다. 그래도 아이는 엄마와 아빠 앞에서 이벤트를 한다는 사실에 무척 들떠 있었기 때문에 응원은 가야지 싶었다. 나는 무심한 척 미리 꽃다발을 주문했고, 아내도 유치원 알림장에서 안내한 작은 응원 피켓을 준비했다. 피켓에는 '인어공주 정서우'라고 적혀 있었다.

당일 아침, 주말 늦잠을 반납하고 서둘러 움직였다. 일찍 유치원에 도착했지만, 이미 주차할 곳은 없었다. 두 딸과 아내를 유치원 정문 근처에 내려주고, 나는 골목을 한참 헤매다 늦게 안으로 들어갔다. 복도는 아이들보다 몇 배가 많은 어른으로 발 디딜 곳이 없었다. 열기 때문일까, 겨울 외투를 입고 있기에 지나칠 정도로 더웠다. 아내와 온이는 좁게나마 앉을 수 있는 자리를 차지할 수 있었고, 나는 멀찍이 떨어져서 서 있었다. 평소에 부모들끼리 알고 지내는 사람들이 제법 되는지 복도는 소란스러웠다.

시간이 되자 아이들은 각기 다른 수영복을 입고 일렬로 나왔다. 수영복을 입혀 놓고 보니, 모두 병아리같이 작고 여린 모습이었다. 또래들보다 키가 크고 마른 서우는 나에게 첫눈에 보였는데, 딸은 이리저리 살피고 있었다. 어리둥절한 표정이었다. 수모를 써서 약간 눌린 얼굴이 갓 태어났을 때의 모습 같았다. 서우는 내가 보이지 않는 듯, 손가락을 빨거나 다리를 떨면서 계속 두리번거렸다. 그래도 서우야 아빠가 여기에 있어, 하고 소리를 칠 수가 없었다. 복도가 어느 순간부터 너무 조용했기 때문이었다.

나는 그저 서우를 향해 손을 계속 흔들었다. 각자의 피켓이 있었지만, 모두 비슷한 마음으로 이어진 것 같았다. 응원하기보다는 묵묵히 손을 흔들거나, 이런 순간들을 담으려고 사진을 찍는 부모들이 많았다. 나는 속으로 서우가, 그리고 딸의 오랜 친구들이 울지만 않았으면 좋겠다고 생각했다.

출발선 쪽에 있는 아이들은 초조한 듯 몸을 배배 꼬았다. 다행히 줄을 이탈하거나 우는 친구들은 없었다. 어느 순간 호각이 울렸고, 첫 번째 조가 수영을 시작했다. 레인에 선 아이들은 물속으로 거침없이 몸을 던졌다. 가끔 작은 탄성이 터졌다. 놀랍게도 어떤 아이도 가라앉지 않았다. 짧은 다리를 아등바등 움직이니까 앞으로 조금씩 움직였고, 레인 선에 닿아도 뜬 상태로 용케 방향을 틀었다. 호흡도 짧은 순간에 어찌나 잘 해내는지. 물 밖으로 나오는 것도 어른의 도움을 받지 않았다. 서우를 포함한 모든 참가자가 아기 오리처럼 뭍으로 올라왔다. 포기한 아이는 아무도 없었다.

수영 대회가 끝나고 강당에서 다시 아이들을 볼 수 있었다. 입장하는 아이들의 표정은 밝았다. 이제서야 아빠가 보이는지 서우도 평소처럼 웃으면서 손을 흔들었다. 유치원에서는 고맙게도 모든 아이에게 메달을 나눠줬다. 금메달은 각 종목에서 최고 기록을 세운 한 명에게 돌아갔지만, 수많은 은메달과 수많은 동메달이 준비되어 있었다. 수영장에서는 아무도 손뼉을 칠 수 없었지만, 강당에서는 모두가 손뼉을 칠 수 있었다. 아이들이 이날을 어떻게 기억할지는 모르겠다. 다만, 목에 반짝이는 것을 걸고서 부모를 올려다보는 작은 아이들은 스스로를 퍽 자랑스럽게 여기는 것처럼 보였다. 서우도 돌아오는 길에 들른 식당에서 메달을 벗지 않으려 했다. 그날 오후 놀이터에서도, 그다음 날 집에서도 목에 계속 걸고 있었으니 말이다.

　카페는 외투가 두꺼워지는 시즌으로 접어들면서 몹시 조용한 분위기로 바뀌었다. 사실, 시험 기간에는 매년 그렇다. 특히 상급 학교 진학을 앞둔 겨울은 늘 그렇다. 아마도 자식이 시험 준비를 하므로 부모도 외출을 삼가는 듯하다. 특히 수능이 끝나면 거리가 전체적으로 한적한 느낌이 든다. 산책로에서 운동하는 사람들은 여전히 자신의 걸음으로 계획된 루틴을 행하지만, 아무래도 노심초사하며 결과를 기다리는 부모의 마음은 이웃에게도 이어지는 것 같다.

　우리가 할 수 있는 일은 가습기에 깨끗한 물을 채워 넣는 것, 여유가 있다면 손님의 빈 잔에 커피를 더 채워주는 것, 편하게 앉을 수 있도록 빈자리의 청결을 유지하는 정도가 되겠다.

　수많은 나뭇잎이 자기만의 색으로 떨어지는 동안 나는 어떤 글을 적을 수도 없었다. 카페가 조용했으므로 시간이 없었던 것은 아니다. 다만, 따뜻한 마음을 적는 것이 한동안 부끄럽게 여겨졌다. 세상이 전하는 소식은 겨울인데 나만 따뜻해서 되겠냐 싶었다. 모두 살아가기가 어렵다고 하는데, 나만 다른 세상 이야기를 하는 것 아닌가 싶기도 했다.

나 역시 '그 후로 오랫동안 행복하게'라는 결말은 동화 속 이야기라고 생각한다. 그런데도 물속에서 날숨을 내뱉듯 글을 쓰는 것은 그것이 삶을 잇는 길이라 믿기 때문이다. 손에 잡히는 것이 없어도 물에 뜨는 것처럼, 가족을 기억하며 아등바등하면서 의미를 찾다 보면 결국 살아지는 게 아닐까 싶다. 세상살이가 고될수록 사랑하는 사람을 끝까지 잊지 말아야 한다고 생각한다. 덕분에 차가운 공기를 깊게 들이마신다.

크리스마스에는 소원을 빌어야지

"온아, 산타 할아버지한테 받고 싶은 선물 없어?"

"음… 귀여운 야옹이 인형?"

"그렇구나! 산타 할아버지가 주셨으면 좋겠네."

둘째는 조금 쉽다. 원하는 것을 알아내는 것이. 반면 서우는 조금 까다롭다. 뭘 원하는지 좀처럼 가르쳐주지 않는다. 벌써 합리적인 의심을 하기 시작했다. 재작년 유치원 크리스마스 행사에서 모종의 사건이 있었기 때문이다. 작년 크리스마스를 앞두고 이런 말을 주고받았다.

"아빠, 며칠 전에 산타 할아버지가 유치원에 왔었거든."

"와! 진짜 엄청 좋았겠다."

하지만 서우는 의아한 표정으로 말을 이었다.

"은색 선글라스를 꼈더라. 그런데 친구가 기분이 좋아서 실수로 산타 할아버지 수염을 뽑아버렸거든. 글쎄 운전사 아저씨랑 너무 닮았더라. 코랑 입이 너무 닮았어."

나는 믿기지 않는 표정을 최대한 지었다. 그 뒤로 내가 어떤 말을 했는지 기억이 나지 않는다.

지난 11월부터 원하는 것을 알아내기 위한 모종의 작전에 돌입했는데도 알 수가 없다. 고민 중이라고만 한다. 지난주 추위가 조금 물러난 날, 놀이터에서 그네를 밀어주고 있는데 서우가 불쑥 물어본다.

"아빠, 그런데 여기는 굴뚝이 없는데 산타 할아버지가 어떻게 들어오지? 설마 아빠가 몰래 선물을 사주는 건 아니겠지?"

"허, 어떻게 들어올까? 마스터키 같은 게 있는 건 아닐까? 마법 카드처럼 말이지. 아빠는 돈이 별로 없어서 선물을 살 수가 없어. 사러 갈 시간도 없고."

이렇게 이야기를 했는데, 서우는 아파트 사이의 허공을 바라보며 특별한 말을 하지 않았다.

나로서는 지난 시간 동안에 서우가 했던 말을 반추하며 단서를 찾을 수밖에 없다. 공주 옷을 갖고 싶었던 것 같기도 하고, 요술봉을 가지고 싶었던 것 같기도 하다. 둘 중 하나일 텐데, 이거 정말 큰일이다. 아무래도 이번 크리스마스에 서우에게 감동을 주려면 작은 기적이 필요하지 싶다.

아내에게는 겨울 외투를 선물하면 될 것 같고. 나는 별로 갖고 싶은 것이 없다. 그저 남들처럼 성실하게 출근하고 약간의 돈을 벌고 빚을 갚고 이 생활을 반복할 수 있는 건강만 있으면 충분하다. 다만, 쓸데없는 것을 원하지 않았으면, 시기하거나 원망하지 않았으면 한다.

이번 시즌에 우리 카페에 걸릴 리스는 손님에게 제작을 의뢰했다. 신애는 이 거리가 카페로 즐비하기 전부터 찾아준 오랜 손님이다. 설탕은 앵무새가 그려진 제품이 좋다고 알려주기도 했고, 우리 공간과 어울리는 음반이라며 쳇 베이커, 빌 에번스를 소개해주기도 했다. 그 음악을 시작으로 재즈를 본격적으로 듣기 시작했다.

그녀는 몇 해 전 작은 꽃집을 열었고, 그 후로 오래도록 소식을 들을 수가 없었다. 그러다 얼마 전에 초등학교에 들어가는 꽃 같은 준희를 돌보기 위해서 조만간 꽃집을 정리할 예정이라는 기별을 들었다. 그 이야기를 듣고 올해는 꼭 그녀가 만든 리스를 걸어 놓아야지, 하는 다짐이 섰다.

집의 거실에도 작은 트리를 세워 두었다. 삼 년 전에 마트에서 나무와 전등과 장식품을 세트로 사들인 것이다. 처음 구매한 해만큼 아이들의 관심을 받지는 못하지만 그래도 어느 정도 경건한 아우라가 느껴진다. 특히 가족들이 모두 잠든 밤에 혼자 열심히 깜빡이는 전구를 보면 그렇다.

우리의 크리스마스는 소박할 것이다. 그래도 거실에 재즈 캐럴을 틀어야지. 와인은 생략하더라도 작은 케이크는 꼭 사야지 싶다. 온이에게는 작은 야옹이 인형을, 아내에게는 따뜻한 겨울 외투를, 서우에게는 반짝이가 떨어져서 청소하기는 귀찮겠지만, 공주 옷을 사줘야지.

선물보다 소원을 비는 것이 더 중요하다고 생각한다. 촛불을 끄기 전에 꼭 빌어야지. 의식하지 않으면 정작 중요한 것을 잊게 된다. 한 해 동안 이루지 못한 것들이 많지만, 적어도 딸들은 주저하지 않고 말할 수 있는 것들이 있었으면 한다. 그런 것들이 삶을 이끌어줄 것이다.

우리는 아마도 지나온 시간과 같이 허공 같은 앞날에 기대어 살아갈 것이다. 그래도 다행인 것은 아직 두 딸에게 기적과 비슷한 것을 선물할 수 있다는 점이다. 이런 세월이 더 오래갔으면 한다. 알게 되어도 모르는 척 우리가 줄 수 있는 선물을 기대해줬으면 한다.

추운 날 바깥놀이의 맛

추운 날은 먼산이 가깝다. 대기에 수분이 적어서 걸리는 것도 없다. 먼 곳이 오히려 쨍하게 느껴진다. 산란한 빛은 그늘에도 닿는다. 기온 때문이 아니라 사방으로 반사되는 햇살 덕에 눈이 시리다. 그런 날은 대개 일주일에 삼 일. 이런 날은 한겨울 같다.

땅바닥이 맹렬하게 차갑다. 흙 속의 물은 미세한 기둥을 만들면서 돌멩이를 들어 올린다. 밟으면 서걱거리는 소리가 난다. 그 느낌이 특별하게 받아들여지는 것은 추위를 견뎌야 들을 수 있기 때문일까. 아니면 맑은 하늘을 볼 수 있어서일까. 아내는 감기에 걸린다고 만류한다. 하지만 나는 추운 날도 두 딸을 단단히 무장시켜서 밖에서 노는 편이다. 서우와 온이도 그 맛을 알기 때문이다.

반면, 대략 사흘은 온화하고 약간 흐리다. 구름이 있거나 다소 맑더라도 미세먼지가 부유하는 듯 시야가 탁하다. 그런 날은 집에서 시간을 보낸다. 딸들과 보드게임을 하거나 카드놀이를 한다. 대개 둘째가 먼저 흥미를 잃고 작은방으로 쪼르르 간다. 서우도 곧 따라가서 숨는다. 살짝 가서 보면 둘이서 무엇인가를 하고 있다. 그리거나 칠하거나 무엇을 보거나. 나는 그럴 때 비스듬히 누워서 책을 몇 줄 읽는다. 겨울방학의 일상은 그런 나날의 반복이었다.

반복되는 삼한사온 중 따뜻한 날, 집에 친구가 놀러 왔다. 딸들의 친구가 아니라 나의 오랜 친구가 놀러 온 것이다. 나에게는 명절처럼 큰 행사였다. 아내는 손님이 덮을 이불을 친정에서 빌려오고, 나는 본가에서 쿠션이 넉넉한 포단을 가지고 왔다. 나는 두 딸과 야외에서 시간을 보내고 아내는 구석구석 대청소를 했다.

친구 민호는 나와 같은 중학교, 고등학교를 나왔다. 같은 반을 한 적은 한 번도 없지만 같은 독서실을 다녔다. 나는 성적은 별로였지만 늦게 남아 있는 데는 자신이 있었고, 민호도 비슷하게 엉덩이로 공부하는 스타일이었다. 우리는 자정이 되면 휴게

실에서 계란과 콜라를 나누어 먹었다. 종종 지독히 막막했는데 그런 날은 공원에서 그네를 탔다. 대학은 다른 지역에서 다녔지만, 명절에는 만나서 목욕탕을 같이 다녔다.

소득 없이 다짐만 있었던 시절이 무척 길었다. 서로 약속은 지켰지만, 되고 싶었던 꿈을 지키는 것이 어려웠다. 그 세월 동안 공유했던 각자의 장래 희망은 결과적으로 아무것도 이루지 못했다. 하지만 만나면 부끄러운 마음보다 뿌듯한 마음이 드는데, 아마도 기억 때문이지 싶다. 이루지는 못했어도 닿으려 했던, 들끓었던 몸짓이 세세하게 떠오른다. 닿지 못해도 쌓았고, 쌓은 꿈의 흔적이 아담한 돌탑처럼 각자의 가슴속에 남아 있다. 친구의 법명은 정진인데, 그것은 내 좌우명이기도 했다.

시간이 제법 흘렀다. 친구는 우여곡절 끝에 서울에 자리를 잡았고 딸 둘을 두었다. 서울 여자랑 결혼하는 것이 꿈이었는데, 현대 서울말을 구사하는 고향 여자와 사랑하며 살고 있다. 친구가 오면 놀이동산을 가고, 박물관에 가려고 했다. 그런데 날씨가 흐렸다. 그래서 우리는 평소처럼 아파트 단지에 있는 놀이터에서 그네를 타고, 거실에서 뒹굴었다. 그림을 그렸다. 서우와 온이와 라온이는 함께 소꿉놀이를 하다가 웃기도 하고 다투기도 했다. 아직 어린 다온이는 낯선 집 안을 아장아장 걸어 다녔다. 서로 이야기를 나누기보다 애들 꽁무니를 쫓는 시간이 많았다. 오랜만에 새벽 목욕탕을 가려 했는데 피곤해서 늦잠을 잤으므로 실패. 그래도 나는 좋았는데, 녀석은 어땠을지 모르겠다. 친구가 머물렀던 며칠 동안 흐렸고 비도 왔다.

올라가는 날부터 추워졌다. 하늘이 맑아졌다. 보내고 문득 꿈에서 깨는 느낌이 들었다. 차가 떠나가고 심란한 마음에 쨍한 하늘을 오래도록 보았다. 낮달이 평소보다 뚜렷했다. 아마도 햇빛이 닿아서 그러지 싶었다. 계속 보고 있으니 눈이 시렸다. 달이 조금씩 움직이는 것 같았다. 먼 것이 가까워졌다, 가까운 것이 멀어졌다, 했다.

서울 하늘 아래에서도 지금처럼 살아가길 바란다. 양보가 익숙하지 않았을 텐데, 서로 장난감을 공유해준 네 명의 공주에게 고맙다. 먼 길을 동행해준 친구의 아내에게, 그리고 기꺼이 맞아준 나의 아내에게 감사한다. 서걱거리는 서릿발 소리를 오래도록 들었다. 마음이 그네를 타는 듯 이런저런 생각이 들었다. 우리의 딸들에게도 겨울 같은 시절을 함께할 벗이 생겼으면. 친구가 떠난 삼한의 어느 날이었다.

부부란 서로의 걱정을 덮어주는 존재

서우가 유치원 졸업을 앞두고 있다. 요즘 저녁 시간에는 유치원에서 가지고 온 스크랩북을 본다. 다섯 살 때부터 매해 한 권씩, 차곡차곡 쌓인 기록이 제법 두툼하다. 아직 아기 같은 딸의 모습도 보이고 친구들과 찍은 활동 사진이 가득하다. 아이들 이름을 전부 기억하지는 못하지만 멈춰진 표정을 보면 그들이 공유했던 시간의 온도가 느껴진다. 사진을 넘기는 서우의 손끝에서 아쉬움이 묻어난다.

스크랩북에는 자유시간에 그린 그림도 제법 있다. 세모, 네모, 동그라미, 어설픈 곡선으로 이루어진 그림이다. 뭘 그린 건지 물어봐야 그 정체를 알 수 있다. 이거 뭐야? 하고 물어보면, 해님, 곤충, 나무, 구름, 집, 사람이다. 아마도 딸의 세상일 텐데, 그 속에 내 모습이 이따금 보인다. 그러면 세상 모든 부모가 느낄 법한 뭉클함이 밀려온다. 무심한 듯 물만 주었을 뿐인데, 아열대 화초처럼 무럭무럭 자랐구나 싶다.

온이도 어린이집을 나와서 유치원에 들어간다. 녀석은 아직 이별의 의미를 잘 모르는 것처럼 보인다. 서운한 마음보다는 설레는 마음이 조금 더 앞선 듯, 새로운 원복을 입고 신나게 엉덩이를 실룩거린다. 반면에 둘째 딸에게 많은 사랑을 주었던 담임 선생님은 이별이 아쉬워서 깊은 마음을 쓰고 있다. 며칠 전에는 주말임에도 불구하고 자택으로 초대하여 온이에게 맛있는 식사를 차려주고, 함께 노래방에 다녀오기도 했다. 오늘 도착한 알림장에도 졸업하면 많이 보고 싶을 거라는 선생님의 마음이 긴 글로 적혀 있었다.

두 딸이 이렇게 자란 것이 우리 부부만의 힘으로 가능했던 것은 아니라고 여겨진다. 실제로 등·하원을 할 때 장모님과 모친의 도움을 많이 받았고, 유치원과 어린이집에서는 여러 선생님의 보살핌 속에서 세상을 배워갔다. 그 속에서 친구가 무엇인지 배우고 넘어지는 것과 털고 일어나는 것을 알아갔다. 무엇이 되고 싶다, 어떤 것을 갖고 싶다는 꿈이 생겼다. 아마도 그렇게 계속 자라리라.

그럼에도 가끔은 두 딸이 이 세상과 어울리지 않는다고 생각

될 때가 있다. 이 온실을 벗어나면 어떻게 될까, 햇살에 쉽게 잎이 타버리는 이국의 화초처럼 되는 것은 아닐까, 하는 걱정이 앞선다. 서우는 1교시를 견딜 수 있을까, 아직 한글을 잘 모르는데 그것이 상처가 되지는 않을까. 온이는 가끔 대소변을 못 가리는데 그것도 걱정이 된다.

아마도 부부가 성장하는 과정은 이런 걱정을 서로 덮어주는 일의 연속인 것 같다. 아내는 나의 불안을 무심한 듯 잘 덮어준다. 토닥이면서 잘 해낼 수 있을 것이라고 말한다. 어떤 날 아내가 여린 마음을 드러내면 나도 불쑥 용기가 생겨서 이불을 덮어주게 된다.

카페에서 함께 일하던 현선도 졸업을 앞두고 있다. 사정이 생겨서 타향으로 일터를 옮기게 되었다. 더 오랜 시간 동안 함께 하지 못해서 아쉬운 마음이 든다. 그녀가 간직하게 될 스크랩북의 한편에 우리 카페가 따뜻하게 기억되길 바란다. 그녀의 앞날이 조금은 걱정이 되는데, 동시에 그 자유로움이 약간은 부럽기도 하다.

살아가면서 느끼는 것은 끝맺는 것이 힘든 것 같지만 도리어 쉬운 길이라는 사실이다. 이어가는 것은 구구절절한 면이 있다. 돌이켜보면, 젊은 시절의 연애는 이별이 슬펐지만, 끝은 비교적 쉬웠다. 그러나 결혼은 그렇지 않다. 결혼식은 이 연인과 함께 늙어가겠다는 약속을 만인 앞에서 고하는 것이다. 그 약속을 끝까지 지키고자 하는 것이 그 이후의 삶이다. 자영업도 비슷하다. 졸업은 없고 폐업만 있으니, 결국 자기와의 약속을 끝까지 지켜야만 존재할 수 있다.

다행인 것은 자신과 한 약속을 지키려 노력한다면, 삶은 한 조각의 추억을 허락한다는 사실이다. 서우가 남긴 두툼한 스크랩북처럼 말이다. 초조한 마음에 시간을 그저 흘려보내는 것은 서글픈 일이다. 막막하거나 서투른 하루 속에서도 빛나는 순간이 있다는 진실을 잊어서는 안 된다. 그 단순한 믿음에 기대어 어지러움을 이겨낼 때, 우리는 세상과 이어질 것이다. 다가오는 계절마다 피고 지는 것이 있다는 것을 알아챌 수 있을 것이다.

불면의 밤

시험을 치르고 나와서, 그 당일 여자친구와 함께 밀양으로 여행을 갔었다. 나에게 네 번째 시험이었고, 우리에게는 첫 여행이었다. 그녀가 운전하고 나는 옆자리에 앉아만 있었다. 밖에는 겨울비가 부드럽게 내리고 있었다. 차창에 닿는 빗소리보다 와이퍼 소리가 요란했다.

한적한 길을 오래 달려 숙소에 도착하니 주변을 둘러싼 푸른 침엽수 덕에 다른 계절 속으로 들어온 것 같았다. 우산 밖으로 떨어지는 차가운 빗방울을 만지면서 나는 더 추워지면 좋겠다고 생각했다. 그러면 눈이 될 것 같았으니까. 여행 첫날은 비가 와서 주변 길을 산책하고, 유량이 줄어 멈춘 듯한 하천을 바라보고, 돌을 던지고 그랬다.

소꿉놀이하듯 요리도 했다. 밤이 되니 비가 장맛비처럼 굵어졌다. 닫힌 창문 밖으로 떨어지는 빗소리가 요란한 밤이었다. 다음날은 여전히 흐렸지만 비가 개었는데, 그것이 기적처럼 느껴졌다. 왜냐하면 밤새도록 잠들지 못하는 나에게 그녀는 잘될 것이라고 계속 이야기해줬기 때문이다.

계란국에 아침을 차려 먹고 젖은 산길을 올라 유서 깊은 절로 향했다. 단출한 여행의 두 번째 일정이자 마지막 일정이었다. 큰 눈을 뜨고 나를 내려다보는 목상을 지나서 넓은 경내를 함께 걷고 또 걸었다. 심도를 얕게 해서 사진기로 그녀를 담고 또 담았다. 배경은 중요하지 않았으니까.

그녀가 대웅전에 신발을 벗고 들어가길래 따라서 마루에 올랐다. 그리고 태어나서 처음으로 불전함에 돈을 넣었다. 삼배를 올렸다. 나는 무엇을 소원했느냐면, 아주 빤한 것을 빌었다.

부처님, 무엇이 되어도 좋으니, 그녀에게 속하게 해달라고, 그녀를 지킬 수 있게, 함께 늙어갈 수 있게 해달라고 빌었다.

아주 흔한 연애 이야기, 십 년도 훌쩍 넘은 낡은 이야기. 그때 여자친구는 이제 늘 같은 침대에서 밤을 맞이하는 아내가 되었고, 우리는 두 딸의 부모가 되었다. 나는 여전히 현실의 어려움이 있으면 불면의 밤을 보내고, 아내는 잘될 것이라 이야기한다. 어젯밤은 몇 번인가 그렇게 읊어주었다.

열대야에 창은 활짝 열려 있었고, 밖에서는 매미가 계속 울었다. 얼마나 시간이 지났을까. 자정을 넘어서 어느 순간 매미는 쥐 죽은 듯 조용해졌고, 어느새 풀벌레가 울었다. 여름의 활엽수가 잎을 넓히는 소리가 들리는 것 같았다. 갑자기 소나기라도 내릴 것 같은 밤이었다.

부질없는 기도에 불과할지라도

고등학교 시절, 게임에 빠져 살았던 적이 있었다. 무엇보다 게임은 현실과 다르다는 점이 마음에 들었다. 사이버 세상은 심심하지 않았고 넓었다. 그 속에서 나는 꽤 용감하고 성실하게 시간을 보낼 수 있었다. 무시무시한 괴물에게 거리낌없이 달려들었고, 지치지 않고 경험치를 쌓는 데도 능했다. 관계도 쉬웠다. 누군가에게 부담 없이 말을 거는 것도 가능했고, 함께 모험하고 쿨하게 헤어지는 것도 편했다. 덕분에 주말에는 컵라면을 끼고 모니터 앞에서 시간을 보내는 날이 많았다. 늘 반복되는 학교생활의 지루함을 달래기에 꽤 괜찮은 방법이었다.

그 시절의 기억이 선명해서일까, 서우가 요즘 들어 입에 달고 사는 말이 어느 정도 이해는 된다. 온종일 집에만 있으니 당연하다. 딸은 아빠 심심하다고, 하루에 몇 번씩 중얼거린다. 심지어 심심해서 울기도 하는데, 어떤 날은 디즈니 만화를 보면서도 지루하다고 투덜거리기도 한다. 가끔 아이들 수준에 맞게 놀이 매트에서 몸으로 놀아준다. 하지만 완벽하게 달래기에는 역부족이다. 더군다나 다들 사회적 거리를 철저히 두고 있어서인지, 층간 소음에 대한 안내방송이 심심하다고 말하는 서우의 목소리만큼이나 자주 들린다. 놀이터가 비 오는 날처럼 한산하다면 아이들에게 마스크를 씌우고 조심스럽게 밖으로 나가기도 한다.

꼬질꼬질한 킥보드를 타는 서우의 모습을 바라본다. 경쾌하게 땅바닥을 탁탁 치면 바퀴가 힘차게 돌아가고 알록달록 불빛이 요란하게 들어온다. 거침없이 앞으로 나아가는 모양새가 마치 미래를 향해서 쭉쭉 뻗어 나가는 것 같다. 놀이터의 여백에 과감한 곡선을 그리고, 넘어져도 털고 일어나는 모습이 어여쁘다. 벚꽃은 이미 낙화했고, 나무 A와 나무 B는 교감하는 것 같다. 알 수 없는 대화 속에서 빈 가지는 연하디 연한 녹색으로 조금씩 채워진다. 평소 같으면 또래 친구들이 많을 텐데 요즘은 그런 만남조차 드물다. 서우는 그런 만남에 대한 기대를 포기하지 않았는지 한결 둥근 눈빛을 하고 놀이터를 누빈다. 반면, 온이는 조금 돌다가 나에게 온다.

아빠, 엄마 보고 싶어, 집으로 가자. 덕분에 나는 또 삐죽 웃는다. 아빠는 이제 앉았는데. 그래도 햇살 덕에 너그러워진다. 온아, 온이는 언제 행복해? 그러면 둘째는 모르겠다고 한다. 아빠도 모르겠다. 그네나 타러 가자.

한참 동안 온이의 등을 밀어주면서 나도 비로소 심심한 지경에 닿고, 이런저런 생각을 하게 된다. 이렇게 여유로운 시간이 되어야 내 마음을 다독일 수 있다. 방금 온이에게 물어보았던 행복에 대한 질문도, 다소 상투적이지만, 지금 그렇다고 말하고 싶어진다. 그러나 마음은 보이는 것으로 향하기도 한다. 둘러싸고 있는 벼랑 같은 아파트를 바라보면, 멀리 있는 걱정들이 떠오른다. 만져지는 것이 더 가깝고 나를 더 잡아준다. 위로는 의외로 이성이 아니라 감각을 타고 온다. 손끝에 닿는 딸의 등이 걱정으로 향하는 내 마음을 달래준다.

요즘 카페에 오는 손님들을 보면 다들 걱정이 많아 보인다. 카페에서 함께 일하는 K만 해도 표정이 가라앉은 채 좀처럼 밝아지지 않는다. K는 여행 계획을 취소했다. 또 친구들이 있는 서울을 편하게 왕래하지 못하는 요즘의 현실이 꽤 부대끼는 모양이다. 봄은 깊어지고, 우리가 부지런히 움직일 수 있는 시간이 때때로 주어졌지만, 그것을 온전하게 편한 마음으로 받아들이기는 무리였다.

새로이 카페에서 함께하게 된 성민도 짊어진 삶의 무게 때문인지 눈빛에 약간의 그늘이 보인다. 내가 무시할 수 없는 마음은 나와 지근거리에 있는 사람들 속에 있는 걱정이다. 어떻게 함께 살아가야 할 것인가에 대해서 수시로 고민한다.

새 사람이 올 때마다 나는 그의 세계를 상상한다. 덕분에 조금씩 넓어진다. 함께하게 되었기에 우리 세상이 조금 더 나은 방향으로 나아갔으면 하는 간절한 바람이 있다. 미래가 불확실하긴 하지만 삶은 조금씩 나아지는 면이 있어야 한다고 생각한다. 조금씩 나아지는 면이 없으면 뭐랄까, 서글프다. 서글픈 것이 꼭 불행한 것은 아니지만, 새롭게 만질 수 있는 무엇이 있어야 한다고 믿는다. 그것이 물질이든 정신이든 기꺼이 내어줄 수 있어야 더 당당한 사장이, 아빠가 될 수 있다고 생각한다.

여유가 생기는 시간에 동행하는 사람의 삶을 그려본다. 외국인이 많은 이태원의 넓은 카페라든지, 한밤에 사람들이 북적거리는 종로의 거리를 그려본다. 성민은 그곳에서 오랫동안 커피를 판 경험이 있다. 피크타임에는 우리 카페에 종일 찾아오는 사람보다 훨씬 더 많은 사람이 드나든다고 한다. 그는 그 복잡한 서울 하늘 아래에서 한 여자를 만났고, 지금은 하천이 흐르는 한적한 이 동네에서 자리 잡고 살고 있다. 마음이 어진 사람이라 유기견 두 마리와 버려진 고양이 한 마리를 자식 삼아서 키우고 있다.

모두 잠든 늦은 밤 혹은 이른 새벽에 두 마리의 반려견과 함께 걷는 그의 걸음은 나의 산책과 닮은 듯, 또 다른 것 같다는 생각이 든다. 사람과 사람의 간격이 무엇보다 중요한 세상이 되었지만, 닿을 수밖에 없는 사람과 사람 간의 위로 또한 필요한 세상이라고 여겨진다. 다행인 것은 손님에게 커피를 내리면서 생기는 크고 작은 노고를 감당할 수 있는 소중한 이유가 우리에게 있다는 사실이다.

우리가 함께 쌓을 시간이 좋은 추억으로 남을 수 있도록 나는 더 최선을 다할 생각이다. 그런 다짐을 마음속으로 곱씹으며 새 가족을 맞이하는 부담감을 달래는 요즘이다. 고맙게도 그의 담담한 걸음을 그려보면, 한동안 살아갈 작은 용기가 생긴다. 그것이 용기가 아니라 그저 부질없는 기도에 불과할지라도, 그것으로 또 며칠 동안 성실하게 아침을 맞이한다.

충만한 하루를 보내는 법

두 딸은 우리 부부에게 사랑한다는 말을 잘 하는 편이다. 어떤 날은 밥을 먹으면서, 아니면 수변에서 산책하다가 뜬금없이 그런 고백을 툭툭 던진다. 또 다른 날은 혼나는 와중에 사랑한다고 고백하는데, 그러면 잔뜩 뿔이 나 있던 내 마음이 한풀 꺾이면서 스스로가 옹졸한 사람처럼 느껴지기도 한다. 내가 가장 아끼는 순간은 온전한 밤일 때 듣는 그 말이다. 모든 전등이 꺼지고 암막 커튼으로 도시의 불빛도 소거된 깜깜한 밤에 듣는 그 말은 우리의 하루를 그렇게 규정해버린다. 그것으로 완벽히 충분하다고 말할 수 있다. 그 말을 듣는 순간 피곤했던 사건도, 하나도 정돈되지 않은 거실도, 너무 한가했던 카페의 하루도, 그것으로 완결된다. 충만한 하루가 된다.

사실 아빠 노릇을 하게 된 것도 그 말 덕분이다. 서우가 아직 말을 못 할 무렵, 아직 온이가 태어나지 않았던 시절은 의무감에 아이를 안고 있었던 적이 많았다. 집에 오면 아내가 힘들어 보이는 날이 많았고, 그래서 내가 적극적으로 도와야 한다는 의무감이 들었다. 고백하건대 소총보다 가벼운 어린 아기를 안고 거실을 서성이면서 군 생활보다 덜 힘드네, 할 만하다고 위안했다. 수시로 깨는 밤잠도 불침번에 빗대서 썩 힘들지 않게 넘겼다.

아내가 피곤한 것은 어쩌면 잘 먹지 못하기 때문이라고 생각했다. 그래서 비싼 비타민을 사다 주거나 원두를 집으로 나르는 것으로, 이따금 꽃다발을 선물하는 것으로 충분하게 좋은 가장 역할을 하고 있다고 믿었다. 돌이켜보면 이런 생각 자체가 어리석다는 증거다. 그 시절을 묵묵하게 혼자 감당했을 아내에게 아직도 죄스러운 마음이 든다. 돕는 것이 아니라 함께해야 한다는 마음은, 과분한 아내의 기다림이 만들어줬다고 말해도 무방할 것이다.

카페에서 일하고 있으면 문자 알람이 수시로 울렸다. 아내가 보내준 정제된 일상이 나에게 전해졌다. 엉망진창인 거실에서 또 다른 물건을 끄집어내는 서우의 모습이라든지, 장난감을 가지고 히죽거리면서 웃는 딸의 표정을 보내주곤 했다. 먹이고 재우는 것이 가장 큰 일이었다. 젖병을 물고 있는 모습, 잠든 모습도 자주 보내주었다. 아마도 짧디 짧은 낮잠 시간이 아내에게는 재빨리 자신의 욕구를 해결할 수 있는 드문 순간이었을 것이다.

서우는 음식을 얼굴에 바르는 것을 참 좋아했다. 이유식을 얼굴에 세수하듯 발랐고, 걸쭉한 요구르트를 맛보면서 요구르트로 세안을 했다. 그런 사진으로 도톰한 화보를 만들 수 있을 것 같다. 그 시절 아내의 사진은 거의 없다. 당연히 자신을 가꾸기에는 너무 할 일이 많았을 것이다. 대부분의 아기는 잠시 화장실에 가는 엄마를 멀리 있는 공원에 마실 가는 것으로 받아들인다.

집에 들어가면, 나를 어떻게 이렇게 반갑게 맞이할 수 있을까, 신기했다. 어떻게 이렇게 과분한 기다림이 존재할 수 있을까, 생각하곤 했다. 아마도 아내 덕인 것 같다. 아내는 부재중인 아빠 이야기를 많이 했을 것이다. 아빠는 지금 커피 만들러 갔어. 서우야, 아빠 오면 목말 태워달라고 하자. 아빠 오면 산책하러 가자. 아빠 오면 치즈 사러 가자. 아빠는 그렇게 서우의 마음에 새겨졌다. 아내 덕에 무심한 나는 목마가 되었고, 산책이 되었고, 치즈가 되었다. 결국 그것이 쌓여서 말이 되어 나에게 들렸던 날을 기억한다. 그 짧은 영상 기억은 시간이 갈수록 나를 빚는 어떤 격언이 되었다. 사랑한다는 말도 나의 부재중에 그렇게 새겨졌고, 결국 서우의 입술로 읊어졌다. 무심한 나에게 사랑한다고 말했다.

연애할 때, 언제 처음 그 말을 내가 그녀에게 했을까. 아마도 작고 빛 없는 방에 둘이 있을 때, 수줍게 고백했던 것으로 기억된다. 사랑한다는 말은 내가 할 수 있는 최상급의 표현인데, 아껴야 했는데, 하고 후회한 적도 있었다. 결혼하기 전에 아내에게 사랑한다고 문자를 보냈을 때는 그 마음을 온전히 전하고 싶어서 그랬던 적도 있었지만, 아내의 마음을 확신할 수 없어서 그렇게 끄적인 적도 많았다. 나는 이렇게 사랑하는데, 그녀는 그렇지 않으면 어떡하지 하고 염려했던 날도 많았다. 나는 가진 것이 얼마 없었고, 나에게 잠시 머물러 있는 것 중에서는 그녀가 가장 아름답고 소중하게 느껴졌다. 그래서 수시로 사랑한다고 문자를 보냈다. 나도 당신만을 사랑한다는 고백이 듣고 싶어서.

딸의 고백은 나보다 견고해서 기특하다. 의심이 없고, 국어사전에 나오는 것처럼 온전하다. 그래서 우리의 하루를 그렇게 인정하게끔 만든다. 오히려 내가 그 마음을 지켜줘야 하는데, 나의 변덕이 딸의 마음에 상처를 주는 것 같아서 미안하다. 모난 말을 하는 나에게 속삭이는 딸의 사랑 고백은 분명히 내 마음을 확인하기 위한 의문문을 품고 있을 것이다.

해서, 요즘은 날이 흐리든 맑든, 밤에는 그 말을 주고받으려고 노력한다. 이불처럼 꼭 안아줄 수 있는 아빠가 되어야지 다짐한다. 후회할 일은, 헤픈 고백이 아니라 무심히 흘려보낸 세월일 것이다.

두 딸은 밤이 되어 세상에 가족만 남았다고 느낄 때, 그 적막을 뚫고 사랑한다고 고백한다. 이제는 그 고백에 매달려서 우리가 살아가는 느낌도 든다. 그것이 오묘한 신의 섭리 같다. 그리고 이 길 끝에 썩 괜찮은, 우리에게 과분한 엔딩이 있을 것 같은 예감이 든다.

평범한 오늘을 반짝이게 하는 것

가족들과 조촐하게 저녁밥을 먹고, 거실에 앉아 있다. 대개 책을 읽거나 손을 오므렸다 폈다 하면서 이런저런 생각을 한다.

대부분 아직 오지 않은 시간에 대한 고민이다. 내가 짊어진 것들에 대해서 떠올려본다. 그렇게 앉아 있으면 온이가 어느새 익숙한 방법으로 내 어깨 위에 올라가 머리카락을 만지작거린다. 아빠, 밤이 오고 있어요. 온이의 말꼬리가 올라가므로 이것은 물어보는 말이다. 나는 웃으면서 오고 있지 밤이, 라고 말한다.

여름으로 다가갈수록 밤은 늦게 온다. 온이의 의중은 아직 어두워지지 않았으니 밖으로 나가자는 말이다. 이것은 내가 해줄 수 있는 몇 안 되는 일인 것 같아서 저녁 시간에는 꼭 산책을 한다. 마스크와 가방을 챙겨서 밖으로 나간다. 같은 길이지만 아이들과 함께 걸으면 또 다른 길이 되는 그곳으로 매일 산책하러 나간다.

어떤 날은 날아다니는 하얀 새를 볼 수 있고, 또 다른 날은 물고기를 찾아 수면을 뒤적거리는 오리의 넓적하고 뾰족한 입매를 볼 수 있다. 이런 것을 발견하는 쪽은 나보다 두 딸의 눈이다. 그것 말고도 매일 예쁜 꽃을 찾아낸다. 서우는 스르륵 소리를 내는 풀잎과 악수를 한다. 때로는 독특한 모양의 잎사귀를 따서 우리에게 보여준다. 아내는 그 새삼스러운 발견을 칭찬한다. 그 말에 으쓱해진 서우를 보면 오히려 우리가 인정을 받은 기분이 든다. 아빠가 되면서 좋은 점은 살면서 생기는 걱정과 질문이 느낌표로 바뀌는 순간이 많다는 점이다.

두 딸과 함께 있으면 그렇게 된다. 별것 아닌 것을 최고라고 말해주기 때문이다. 퇴근길에 사 간 껌 한 통에, 클릭 몇 번으로 사들인 작은 장난감에, 두 딸은 함박웃음으로 보답한다. 어설프게 만든 파스타를 다 먹고 더 달라고 말할 때, 맛소금으로 간을 한 계란 프라이를 허겁지겁 먹는 모습을 볼 때, 기분이 그렇게 뿌듯할 수가 없다. 이렇게 온전하게 인정받기가 쉬웠던가 싶기도 하고, 또 이렇게 존재감 있는 사람이 되었다는 것이 기적 같기도 하다.

돌이켜보면 인정받는 것이 나에게는 어려운 과제였다. 내가 두었던 무리수는 대개 누군가가 알아줬으면 하는 바람에서 시작되었다. 끈질기게 투쟁하거나, 도덕적인 선을 넘거나, 높은 곳에 오르거나 뛰어내리는 것도 마다하지 않았던 시절이 있었다. 그 시절은 그렇게 해야지 내 존재를 인정받을 수 있다고 생각했다. 하지만 선입견이 없는 아이들은 사소한 몸짓도 대단하다 말해준다. 이렇게 왜소한 체형을 가진 아빠인데, 튼튼한 영웅으로 취급해주는 것이다.

하지만 이것도 시간이 흐르면 저물게 된다는 것을 안다. 지난 수요일에 처음으로 서우의 등굣길에 동행을 했었다. 코로나 이후 아이가 다니게 될 학교에 처음으로 가보게 된 것이다. 우리가 매일 다니는 산책길을 따라서 가보지 못했던 등굣길로 향했다. 아파트 입구마다 유치원 차량이 서 있었고, 마스크를 쓴 채 차창 앞에서 나뭇잎처럼 손을 흔드는 엄마들이 보였다. 건널목에는 노란 조끼를 입은 봉사자가 깃발을 들고 서 있었고, 파란 불이 켜지고 우리는 손잡고 길을 건넜다.

학교로 들어가는 아이의 모습을 사진으로 담고 싶었는데, 서우는 휩쓸리듯 들어갔다. 나는 그 모습을 바라볼 수밖에 없었다. 계곡물이 모여서 시냇물이 되는 모습 같았다. 아마도 서우는 그 속에서 새로운 인정을 바라게 될 터였다.

세상 모든 부모가 가지고 있는 걱정 중 하나는 우리가 과연 잘하고 있는지에 대한 의문일 것이다. 나도 그렇다. 내가 쏟고 있는 정성이 혹은 일상의 피곤을 무릅쓰고 내어 보이는 따뜻한 마음이 무용하지 않을까, 하는 걱정이 문득 생긴다. 어쨌든 아이들은 현실을 향해 걸어가는데, 나는 어떤 방향으로 어떤 속도로 길을 열어줘야 하는지 걱정이 생기는 것이다.

그러나 사랑하는 마음을 지켜낼 수 있다면, 삶도 지켜낼 수 있지 않을까 싶다. 우리 부부가 엉뚱한 유혹이나 욕망에 사로잡히지 않는다면, 우리가 조금씩 여유를 가지고 인생을 누리는 것처럼 두 딸도 그렇게 크지 않을까 싶다.

카페도 시간이 흐르면서 또 어떻게 변할지 전혀 알 수 없는 영역이다. 가게가 낡아가면서 점점 움츠러들 수도 있을 것이고, 반대로 단골손님이 점점 늘어서 동네 사랑방처럼 존재하게 될 수도 있을 것이다.

당당하게 살기 위해서는 거창한 관문을 통과해야 한다고 생각했던 시절이 있었다. 하지만 요즘은 생의 생기를 더하는 것에 대단한 인증이 필요하지 않다고 믿게 되었다. 오히려 어떤 사람의 인정을 받고 싶은지가 더 중요하다고 여겨진다. 서른아홉의 나는 내가 손을 내밀어 악수를 할 수 있는 사람들의 따뜻한 마음만으로 충분하다고 생각하게 되었다.

오늘도 밤이 어둡지 않다면 두 딸과 산책을 하려고 한다. 앞서가는 반려견의 꼬리를 따라서, 사랑하는 연인의 손을 잡고서 걷는 사람들이 산책로에 가득할 것이다. 우리들의 평범한 오늘이 다소 반짝이는 것은 모두 그렇게 지키고 싶은 마음이 하나쯤 있기 때문이라 생각된다. 점점 어두워지는 길을 사랑하는 사람들과 걷다 보면 그것을 믿게 된다. 또 그렇게 살아가게 된다.

나보다 더 나를 아껴준 사람

지난 일요일에는 아내가 어린 시절을 보냈던 동네에 다녀왔다. 최근에 옆집에 살던 할머니가 돌아가셨다는 소식을 들어서인지 아내가 흘러가는 듯 그 동네 이야기를 몇 번인가 했었다. 늦은 점심으로 국수를 먹었고, 덜어주는 대로 족족 비우는 두 딸의 그릇을 보면서 문득 그 동네를 두 눈으로 보고 싶다는 생각이 들었다.

들키기 싫은 피곤함이 밀려와서 커피 두 잔을 테이크아웃했다. 그리고 고속도로를 탔다. 금세 도착할 수 있는 거리였다. 중소도시의 근교에 위치한 시골 마을이었다. 아마도 마이카를 부르짖던 시기에 호황기를 누렸을 대궐 같은 낡은 갈빗집이 연이어서 보였다. 그 근처 버려진 공터에 차를 세웠다. 거기에서 가

느다란 골목길로 걸어 들어갔다.

버려진 집들과 화단이 잘 가꾸어진 집들 사이를 지나 제법 올라갔다. 숲에서 가장 가까운 곳이 아내가 살던 집이었다. 그 집은 어떤 스님이 혼자 불공을 드리는 작은 절로 변해 있었다. 아내가 두 딸만큼 작았을 때부터 드나들었을 그곳이 궁금해서 염치 불구하고 문을 두드렸다.

이 집을 지었던 사람의 딸이라고 하니, 흔쾌히 들어오라고 말했다. 스님 앞에 앉아서 이런저런 이야기를 들었다. 갓 우린 차를 마시면서, 나는 낮게 들리는 목소리보다 보이는 벽이며 천장이며 낡은 타일을 유심히 살펴보았다. 아내는 예전과 하나도 변하지 않았다고 작게 속삭였다. 우리는 거실에 자리 잡은 오래된 목조 관음상에 절을 세 번 했다. 아내는 어떤 기도를 했을까.

옛집에서 나와 옛길을 걸었다. 한낮의 열기가 가시고 초저녁 바람이 산을 타고 내려올 때, 우리는 버려진 공터로 다시 돌아왔다.

집으로 돌아오는 길에 서우는 엄마가 살던 동네와 다녔던 초등학교에서 놀았던 것이 좋았다고 했다. 골목과 산길을 신나게 뛰어다닌 온이는 지친 듯 앉아 창밖을 바라보았다. 나는 아내가 선곡해주는 음악을 들으면서 운전을 했다.

나는 짧은 교외 운전을 하면서 간만에 제대로 된 여행을 하는 듯한 느낌이 들었다. 온 세상이 집중하는 문제라든지, 뭔가 삐거덕거리는 카페의 사정이라든지, 이런 것들은 잠시 뒤로 물러나는 느낌이 들었다. 갑자기 하품이 나와서 남은 커피를 몇 모금 마셨다. 보조석에 앉은 아내가 내 어깨에 손을 올리며 뒤를 보라는 제스처를 취했다. 어느새 두 딸은 업어가도 모를 듯 편한 자세로 깊은 잠이 들어 있었다. 이렇게 또 기억될 하루가 저물어가는구나 싶었다.

날씨가 더 습해지고 본격적인 더위가 시작되면 여러 가지로 우리의 상황이 달라지지 싶다. 아내는 다시 일을 시작할 것이고, 서우에게는 휴대폰이 생길 것이다. 두 딸은 요즘 엘리베이터를 혼자 타는 연습을 하고 있다. 방과 후에 다녀야 할 학원들을 알아보고 있다. 아이들이 커갈수록 우리가 심어준 꿈과 현실이 자꾸 부딪친다. 바라는 대로 키울 수 없다는 것을 알고 있지만, 그 마음을 비워도 차오르고, 비워도 또 차오른다.

체념하고 싶을 때마다 아내를 바라본다. 내가 나를 단념했을 때, 미래에 더는 가망이 없다고 생각했을 때, 나를 나보다 더 아껴준 사람이기 때문이다.

세상은 빠르게 변한다. 이 작은 침상 도시도 언젠가 한산한 공간이 되는 날이 올 것 같기도 하다. 하지만 옆에 앉아 있는 아내의 옆모습을 보면 뭔가 온기 같은 것이 느껴진다. 그 마음만은 끝까지 지키고 싶다고 생각한다. 그렇게 되면 이 작은 카페가 망하게 되더라도, 나는 다시 무엇이든 될 수 있지 않을까 싶다.

의미가 쌓이는 시간

돌이켜 생각해보면, 커피를 처음 배우기 시작했을 때는 모든 것이 막막했다. 먼저, 스무 살이 되고 십 년 동안 체화하려고 노력했던 전공지식과 교육학을 기억 저편으로 던져버리는 것이 힘들었고, 뜨거운 증기를 뿜어대는 딱딱한 기계 앞에서 커피 한잔을 만들어내고자 땀을 흘리는 시간도 무척 낯설었다. 싱크대에 가득 쌓인 라테 잔을 빠르고 깨끗하게 씻는 것도, 물기를 닦아서 워머 위에 올리는 것도 도무지 내 적성이라고 납득하기 어려웠다. 그중에서도 나를 가장 괴롭힌 것은 아무래도 라테아트가 아니었나 싶다.

동시에 바리스타가 되려고 늦깎이 학생이 된 나에게 작은 낭만을 선사했던 것도 라테아트였다. 처음에는 어떻게 커피 위에 저렇게 예쁜 그림이 생길 수 있는지가 의문이었다. 유명 커피 학원의 강사가 무심한 듯 몇 잔의 커피를 내렸는데, 거기에는 각기 다른 그림이 그려져 있었다. 하나의 완벽한 하트가 그려진 것도 있었고, 몇 개의 하트가 모여서 튤립 모양을 이룬 것도 있었다. 좌우 대칭이 완벽한 자잘한 잎을 가진 나뭇잎을 표현한 작품도 있었다. 그저 흘려 보고 무심하게 마시기에는 아까운 작품들이었다.

스팀을 치는 것은 생각보다 어렵지 않았다. 뜨거운 김이 나오는 구멍을 우유의 표면과 가까이에 두면 공기가 들어가서 거품이 만들어지고, 스팀완드를 깊게 넣고 밀어붙여서 한 방향으로 회전하게 하면 거품은 잘게 쪼개졌다. 우유를 담은 피처를 안정적으로 들고 있으면 거품은 벨벳처럼 부드러워졌다가 점점 뜨거워졌다. 처음에는 기계 앞에서 주눅이 들어서 어려웠지만, 며칠 동안 몇 리터의 우유를 희생하고 나니 어느 정도 요령이 생기기 시작했다. 지금은 관성적으로 스팀을 치면 어느 정도 부드러운 우유 거품이 만들어진다. 하지만 붓는 것은 아직도 여전히 부담스러운 영역이다.

동그란 거품을 반복해서 올리기는 쉽다. 높은 곳에서 우유를 부으면 에스프레소와 거품은 혼합되고 컵에 바짝 붙여서 푸어링하면 거품이 크레마 위에 얼룩을 남긴다. 부으면서 흔들면 거품에 결이 생기고, 스팀 피처를 들어 올려 얼룩의 끝을 뾰족하게 마무리하면 하트가 된다. 규칙적으로 얼룩을 남기면 하나의 패턴이 만들어진다. 하지만 과감하게 부어서 흐름을 이용하는 것은 어렵다. 우아한 패턴일수록 결단 있는 푸어링이 필요하다. 그림의 좌우 균형을 맞추는 것도 마찬가지다. 떨어지는 우유를 끝까지 책임져야 한다. 습관이 될 수 있는 영역이 아니다. 카페라테 한잔을 만들 때마다 새로운 정성과 다소의 용기가 필요하다고나 할까.

말끔하지 못한 나의 라테아트를 볼 때마다 나는 내가 그 정도의 사람이라는 것을 느끼곤 한다. 나는 용기와 정성이 조금은 부족한 바리스타가 아닌가 싶을 때가 있다. 그런 마음을 매일 느낀다. 잔은 어느새 차오르는데, 과감하게 부어서 흐름을 만들어야 하는데, 엉거주춤한다. 어설프게 그림을 마무리해야 하는 경우가 다반사다.

하루도 그렇다. 바쁘면 다른 생각을 할 엄두가 안 나지만, 틈이 생기면, 주로 설거지를 할 때, 이런저런 계획을 하는 편이다. 오늘 저녁은 딸들에게 이런 이야기를 들려줘야지, 이번 주말은 이런 활동을 해야지, 하고 염두에 둔다. 하지만 막상 닿게 되면 시간은 내 편이 아닌 것 같다. 허겁지겁 흘러간다. 심성 고운 아빠를 자처하다가 제풀에 지쳐서 무서운 아빠가 되기도 한다. 예상치 못한 변수에 우왕좌왕하다가 상처를 준다. 그렇게 못나게 그린 하루를 두 딸은 더 오랫동안 간직한다. 가끔은 뜬금없이 그런 기억을 꺼내서 나를 당황하게 한다.

온이가 종종 꺼내는 말이 있다. 아빠 있잖아, 나중에 아빠가 내 인형을 찢었잖아, 왜 그랬어? 그러면 나는 먼 곳을 본다. 산도 하늘도 없으면 천장의 얼룩을 보다가 몰래 한숨을 쉰다. 얼룩은 어디에나 있으니까. 온아, 나중이 아니라 예전에 혹은 옛날에 그랬겠지. 일단, 아빠가 그렇게 해서 미안해. 그래도 추궁은 이어진다. 다시는 안 그런다는 맹세를 몇 번 하고 나면 온이는 새로운 인형에 관한 이야기를 꺼내면서 뒤틀린 심사를 서서히 봉합해 준다.

내가 만들어준 형편없는 기억은 그런 식으로 내가 이 정도밖에 안 되는 녀석이라는 사실을 반복해서 알려준다. 그럼에도 종종 나를 호출하는 아이들을 보면 기분이 나쁘지 않다. 아직 내가 필요하구나, 내가 아직 유용한 존재구나, 유폐되지는 않았구나 싶은 것이다. 그래서 매일 시작되는 기회, 새로운 육아의 순간이 여전히 고맙다. 몹시도 빠르게 흘러가는 시간, 정신없이 실수로 채워지는 시간, 그래도 어느 순간은 빛나는 시간, 살아감에 작은 의미가 쌓이는 시간이 기다려진다.

후배는 나를 보면 결혼할 마음이 싹 사라진다고 말하곤 했다. 너무 잡혀 산다는 의미였고, 유흥 없는 단조로운 삶이 재미없어 보인다고 했다. 그런데 나는 자기 확신으로 가득 찼던, 자존감으로 가득했던 시절보다 지금이 훨씬 풍부한 맛이 있다고 느낀다. 지금껏 세상에서 못 느껴보았던 변수와 감각이 느껴진다고 해야 할까. 원하는 맛이 무엇인지 모르겠지만, 가족들과 함께 만들어낸 시간은 나를 놀라게 하고, 슬프게 하고, 기쁘게 한다.

나는 라테아트도 아빠 노릇도 어설프다. 바리스타로서 부모로서 경험이 쌓일수록 그런 점이 드러난다. 해서, 나는 조금 더 친절해야지, 마음속에서 매 순간 돋아나는 나쁜 것들, 이를테면 결점두 같은 것들을 뽑아서 저기 멀리 시선이 닿지 않는 곳으로 버려야지, 생각한다. 두 딸에게, 부족한 나와 함께 살아주는 아내에게 더 좋은 기억을 주고 싶다.

거친 거품 같은 마음은 걷어내자. 오늘도 시간은 흘러가는데, 나는 또 무엇을 해야 할까. 오늘만은 망설이지 않았으면, 서투르지 않았으면.

서로의 하루를
온전히 듣고 싶어서

오직 길 건너편 나무만이 무성했던 몇 주를 보냈다. 잔잔한 바람에도 나뭇잎은 성실히 돌아가는 실외기처럼 팔랑거렸다. 한산해진 거리에는 노년의 여유가 보였고, 산 아래 큰 도로에는 크고 작은 차들이 청년의 속도로 오직 직선의 길을 가는 것처럼 보였다. 신선하지만 후덥지근한 바람이 불어오는 테라스에 앉아서 그런 풍경을 구경하는 날들이 많았다.

　살면서 이렇게 무더웠던 때가 있었던가 싶었다. 에어컨을 틀어도 문을 편히 닫지 못하고, 창을 잠시 닫았다 한들 코와 입을 가리고 있으니 얇은 셔츠가 제법 두껍게 느껴졌다. 조금만 움직여도 등에 땀이 송골송골 맺히지만, 그것도 고마운 것은 어찌했든 먹고살아야 하기 때문에. 약간의 두려움을 감추고 서로 환대하는 만남이 간간이 이어졌다.

그런 짧은 만남에 기대거나 함께 일하는 스태프들의 목소리에 귀를 기울이면서 하루를 보냈다. 그들이 주문받은 것을 다시 되뇌면서 원두를 갈고 커피를 내렸다. 한산한 시간에는 서로 일상에 관해서 이야기를 주고받았다. S의 이야기 속에, G의 이야기 속에 미래를 열어갈 열쇠가 있다고 믿고 싶었다. 그런 연약한 믿음에 기대면 하루는 또 그렇게 흘러갔다. 우리가 할 수 있는 것은 별로 없지만, 시간은 언제나 성실하게 흘렀다.

S는 독립을 준비한다고 했다. 본가를 떠나서 작은 아파트에 새 둥지를 튼다. 원래는 우리 카페를 봄에 그만두고 새로운 카페를 열고 싶었는데, 무산되었다. 코로나 때문이기도 했고, 몇 가지 개인적인 사정이 겹쳤다. 지금 상황이 되고 보니 오히려 잘된 것 같기도 하다. 오픈했는데 이런 시국이라면 여러 가지로 곤란했을 것이다.

G는 나와 비슷하게 아내에게 종속된 삶을 산다. 이른 새벽에 강아지를 산책시키고, 밤에는 고양이 혹은 아내와 논다. 모르는 사람이 들으면 잡혀 산다고 말할 수도 있을 것이다. 하지만 나도 그렇고 G도 그렇고, 어떤 영화의 대사와 비슷한 삶을 산다. 우리는 우리에게 명령할 것을 각자의 아내에게 허락한 것이지,

결코 잡혀 사는 것은 아니다. 아주 자주적으로 살아가고 있다.

해가 떨어지면 어김없이 퇴근한다. 사실 요즘 같은 상황에서는 재정이 마이너스다. 인건비를 줄이려면 내가 일을 해야 하는데 그래도 퇴근한다. 직원들의 삶도 있고 내 삶도 있기 때문이다. 수입이 꽤 줄어서 더워도 집에서 이것저것 만들어 먹었는데, 그것도 호사라고 생각한다. 내가 초등학교 일 학년이던 시절을 생각해보면 아버지는 늘 한밤중이 되어서 들어왔다. 그리고 어스름한 새벽에 작업복이 들어 있는 가방을 챙겨서 세상으로 나가곤 했다. 가족의 삶을 위해서 그렇게 했으리라.

서우만큼 작을 때 그런 모습을 무수하게 보아서 그럴까. 근면이라는 코드만 있으면 어떻게든 살아진다는 막연한 믿음이 있다. 내가 일터를 정해진 시간보다 일찍 나가고 또 그곳에서 땀을 충분히 흘리고 온다면 며칠은 살아지는 것이 당연한 순리처럼 느껴진다. 아버지가 나에게 물려준 가장 큰 유산이라고 여기고 있다.

바로 옆 동에 처가 댁과 처형 댁이 있지만, 저녁은 꼭 아내와 서우와 온이 이렇게 네 식구가 먹으려고 애를 쓴다. 왜냐하면 하루를 온전히 듣고 싶기 때문이다. 그리고 별것 아닌 것에도 맞장구를 쳐주고 싶기 때문이다. 대단한 것이 아니지만 대단하다고 내가 말을 해주면 두 딸은 믿는다. 그것을 보면서 오히려 내가 위로를 받는다. 토막 난 돈을 가져다주면서 나는 시무룩한 표정을 숨기기가 어려운데, 아내는 괜찮다고, 고생했다고 말해준다. 그러면 또 그 말을 나는 믿는 척하고, 그런 눈빛이 쌓이면 진심으로 믿게 된다.

예전에는 놀이터에 아이들이 보여야 나갔는데, 요즘은 없으면 나간다. 서글프기는 하지만 온이는 그네를 마음껏 탈 수 있어서 반기는 눈치다. 너무 오래 밀어주는 편이라 요즘은 놀이터에 나갈 때 목장갑을 하나 챙겨서 나간다. 서우는 줄넘기를 몇 개씩 하고, 내가 던져주는 공을 배드민턴 라켓으로 치면서 논다. 그렇게 시간을 보내면 뜨거운 아스팔트가 조금씩 식어가고 땀으로 젖은 옷이 몸에 딱 붙는다.

나와 함께 살아가는 사람들과 이렇게 딱 붙어서 의지하고 싶은데, 그것이 영원하지 않다는 것도 알고 있다. 바라는 것이 있다면, S에게 그리고 G에게 살아가기에 궁색하지 않은 급여를 안정감 있게 주고 싶다는 것. 그리고 아내와 두 딸의 믿음을 배신하지 않는 아빠가 되고 싶다는 것이다. 두 가지 모두 완벽하기 어렵지만 나름대로 최선을 다하고 싶다. 밖에서는 따뜻하고, 안에서는 차갑기는 싫다. 그 반대도 역시나 싫다.

그래도 존재가 존재를 이끌어준다고 믿고 있다. 각자의 두려움은 숨긴 채 서로 두려움을 식혀주고 자신은 또 그만큼 남몰래 두려워한다. 실외기처럼 그것을 감당하는 존재는 서글퍼지겠지. 그러다 막막한 마음에 뜬눈으로 밤을 지새우는 날도 있을 것 같다. 그런 밤은 미세한 온도의 변화, 습한 공기, 바스락거림이 민감하게 느껴진다. 괜히 창문을 열었다 닫았다 한다. 보름으로 향하는 달이 보인다. 어두운 부분이 진짜일까, 밝은 부분이 진짜일까, 생각한다.

그러는 사이에도 시간은 성실하게 흐르고 그 사이에 무엇이든 왕성하게 자란다. 거리의 나무일 수도 있고, 사랑일 수도 있고, 우리 아이일 수도 있다. 그게 세상이 돌아가는 이치가 아닐까, 문득 믿게 된다. 함께 존재하는 것이 서서히 여물어가므로 믿게 된다. 그 마음은 마치 어떤 형태의 버블 같다. 구름 혹은 부풀어 오른 빵, 하늘거리는 커튼 같다.

〔 5부 〕

———

사소한 것을 고귀하게 바라보기

아이는 울 때 입을 가리지 않는다

그렇게 목소리를 높일 필요가 없었는데, 왜 그랬을까. 로스팅을 하는 내내 그런 생각을 했다. 익어가는 생두에 집중해야 하는데, 어려웠다. 나와는 별개로 화력은 균일하게 유지되고 있었고 작은 공간은 풋향으로 가득했다. 차르르 하고 뜨거운 철과 차가운 콩이 부딪치는 소리가 이어졌다. 조금씩 노란색으로 변해가는 생두가 작고 동그란 창으로 보였다. 묵묵하게 색이 짙어지는 원두를 보면서 나는 갑자기 흥분했던 내 마음에 대해서 계속 생각했다.

어제 서우에게 문제 삼았던 것은 단순한 말이었다. 욕조에서 서우가 온이에게 작은 잘못을 했고, 사과했는데 받아주지 않았던 모양이었다. 서우는 장난처럼 미안해 미안해를 반복했다. 그 목소리는 거실을 정리하는 내 귓가를 자극했다. 나는 뭔가 불쾌한 소리를 들은 것처럼 욕실로 성큼성큼 다가갔고 큰 소리로 꾸짖었다.

뭐라고 이야기했는지 정확하게 기억이 안 날 정도로 크게 꾸짖고 말았다. 당연히 서우는 겁에 질려서 큰 소리로 울었다. 온이도 자기가 혼난 것처럼 두려운 눈빛으로 나를 쳐다보았다. 모든 것이 익숙하지 않은 장면이었다. 욕실에 서 있는 나는 어지러웠고 한동안 아무런 말을 할 수가 없었다.

아내가 복직하고 괜한 걱정이 드는 날이 많았다. 가까운 곳에 사는 처가의 도움으로 무탈하게 지내고 있긴 했다. 서우는 정부 방침에 따라 다시 학교에 다니고, 온이도 유치원에 꼬박꼬박 다니기 시작했다. 장인과 장모가 도와주셔서 다른 집보다는 상대적으로 안정적인 방과 후를 보내고 있었다. 비할 데 없이 고마운 상황이었다. 하지만 두 딸은 이제는 품 안에서 자라는 것이 아니라 우리 부부의 의지와는 무관하게 뻗어가는 느낌이 들었다.

고유한 색이 있었는데 이제는 조금씩 다른 색이 스며들었다. 사촌 오빠 태호가 하는 컴퓨터 게임을 하고 싶어 하고, 사촌 동생 수빈이가 가진 장난감을 부러워하는 식이었다. 친척이지만 대화의 방식도, 결도 조금씩 달랐다. 변화가 아직 익숙하지 않아서 작은 갈등도 몇 차례 있었다. 무엇보다 함께하는 시간이 부쩍 줄었다고 여겨지는 요즘이었다. 같이 저녁을 먹으면서 대화를 나누는 것이 중요하다고 생각했는데, 요즘은 그것이 어렵게 되었다. 집에 오면 아이들은 주로 텔레비전을 본다. 괜히 텔레비전이 원망스러웠다.

어쩌다가 네 식구가 마주 앉은 자리에서 하는 이야기와 질문도 낯선 것이 많았다. 예전에는 아내가 이미 알고 있어서 나에게 부연 설명을 해줬는데, 지금은 둘 다 처음 듣는 이야기가 많았다. 풀어야 할 이야기는 보지 못한 이메일처럼 쌓여갔다. 저녁 시간은 그날을 마무리하기에도 다음 날을 준비하기에도 늘 부족했다.

나는 잘못을 했고, 마음을 담아서 미안하다고 여러 번 말했다. 서우는 아빠 그러다 미안하다는 말에 중독되겠어, 하며 괜찮다고 했다. 그러나 나는 밤새 마음이 몹시 무거웠다. 낯선 세상에서 울타리 같은 존재가 되고 싶은데, 오히려 벗어나고 싶은 울타리가 되지는 않을까 하는 걱정이 들었다.

내뱉지 말았어야 할 말에 대해서 생각하는 동안, 어느새 콩은 익어서 갈라지는 소리를 내고 있었다. 풋향을 밀어내는 매캐한 향기와 익숙한 열기가 로스팅실에 가득 찼다. 온도보다 소리에 집중해서 배출구를 열었다. 밤색 원두가 타닥거리면서 식어가는 것이 보였다. 일정한 기간 숙성하면 손님들이 기대하는 맛을 내어줄 녀석들이었다. 몇 번의 로스팅을 끝내고, 스태프에게 한 시간 쉬는 시간을 주었다.

　퇴근을 앞두고 혼자서 일하는 시간이 바쁜 날도 있고, 그렇지 않은 날도 있다. 다행히 그날은 분주했다. 모든 과정을 온전히 책임지고 주고받았다. 그것이 나의 쓸모를 증명하는 것이라고 믿는다면 어리석은 생각일까. 커피를 건네고 돈을 받으면서 몇 번 감사하다는 말을 들었다.

　나는 커피를 팔아서 먹고사는데, 빚을 진다는 느낌이 들었다. 그날은 한 시간이 성실하게 흘러서 몇십 분 같았다. 해가 어느 순간 기울어져서 카페 깊은 곳까지 빛이 닿았는데, 낡은 바닥과 잘 어울렸다.

　집에 도착해서 제일 먼저 하는 일은 밥을 짓는 것이다. 어제 사용했던 솥을 씻어서 2인분의 쌀을 안친다. 고무 패킹이 느슨하므로 물을 2.5인분 정도 넣으면 맛있는 밥이 만들어진다. 오늘은 서우가 좋아하는 돈가스를 구워야지. 약한 불에 식용유를 넉넉히 붓고 잔잔한 노래를 틀었다. 조금 있으면 아내와 두 딸이 도착한다. 아내가 활짝 웃고 두 딸이 안녕이라고 말하면 좋겠다고 생각했다.

　아이들은 울 때 입을 가리지 않는다. 내 슬픔을 알아달라고 하는 것 같다. 아이를 키우다 보니 아이가 울면 같이 울고 싶어진다. 웃고 있으면 같이 웃고 싶어진다. 어른들은 울 때 입을 가린다. 내 심정을 조금은 가리고 싶을 때가 많다. 때로는 너무 가려서 마음이 나오지 않고, 그래서 알게 모르게 되새김질한다. 하지만 되새기는 것을 크게 나쁘다고 생각하지는 않는다. 그러면서 모진 것은 둥글어지고, 둥근 것은 조금 더 빛날 것이라 믿기 때문이다.

반복되는 삶도 괜찮다

내가 서우만 할 때 살았던 우리 동네는 막다른 골목이 많았다. 우리 집도 막다른 골목 한편에 자리 잡은 낡은 주택이었다. 이층에는 세 가족이 살았다. 세 가족은 한 화장실을 사용했지만, 시골집과 달리 수세식이라서 좋았다. 또 옥상이 있어서 좋았다.

옥상에 올라가면 탁 트인 하늘이 있었다. 바람에 하늘거리는 빨래가 있었고 늘 청결한 냄새가 났다. 정면을 바라보면 비슷한 모양의 평평한 옥상들이 들판처럼 이어져 있었다. 우주선 같은 물탱크가 집마다 보였다. 난간이 낮아서 위험하긴 했지만, 옥상에서 뛰어다니면 하늘을 나는 기분이 들었다. 시골에서 살다 온 나는 그 풍경이 좋아서 옥상에 자주 올라가곤 했다. 아찔한 난간을 꼭 잡고 내려다보는 풍경도 마음에 들었다.

막다른 골목은 차가 들어오기 어려웠으므로 안전한 놀이터 같았다. 꼭 두세 명씩은 나와서 놀고 있었다. 구슬치기를 하든, 딱지치기를 하든, 집 놀이를 하든, 아이들은 골목에서 무엇이든 하고 있었다. 심심해지면 누구야 같이 놀자, 하면 됐다. 가끔 작은 트럭이 들어오기도 했다. 대개 부업거리를 싣고 오는 차량이었다.

인근 신발 공장에서 가지고 온 고무 밑창이었다. 동네 아주머니들이 모여 골목 한쪽에 돗자리를 펴놓고 인두로 밑창 테두리를 지지는 작업을 했다. 뜨거운 인두가 지나가고 나면 미끈해지는 것이 신기했는데, 보고 있으면 저리 가라고 했다. 고무 타는 냄새가 해롭다고. 오히려 나는 도시 냄새 같아서 좋았다. 친구들에게 갔다가 돗자리 옆으로 갔다가를 반복하곤 했다. 아이들이 노는 소리와 깔깔대면서 알지 못하는 농담과 걱정을 주고받는 엄마들의 목소리가 작은 골목을 가득 채우는 날이 많았다. 그런 막다른 골목이 우리 동네에는 많았다.

뜨거운 커피 한잔을 마시면서 조용한 산책로를 바라보는데, 왜 그런 생각이 나는지 모를 일이다. 서우와 온이를 보면서 그 시절의 내가 문득 떠오를 때가 있다. 까마득하게 잊었다고 생각했는데, 문득 그런 기억이 떠오른다. 이 기억은 주고받은 사랑으로 덧칠이 돼서 아름다운 것일까, 실제로 아름다웠던 것일까. 모를 일이다. 아이들에게 집중하면, 나의 낡은 유년 시절에도 옅은 의미가 새삼스럽게 돋아난다.

며칠 전에는 온이가 유치원에서 작은 꽃을 만들어 왔다. 떨어진 은행잎을 모아서 묶은 것이었다. 어설펐지만 마음이 그럴싸해서 사진으로 남겨뒀다. 지난 주말에는 동네 서점에서 작은 출판 기념회가 열렸다. 고맙게도 초대를 받았다. 인맥도 넓히고 좋은 기회였는데, 고민하다가 딸과 한 약속을 지키기 위해서 평소처럼 놀이터에서 하루를 보냈다. 처음으로 두발자전거를 타게 된 서우에게는 기억될 하루였고, 나에게도 나쁘지 않은 하루였다. 다른 날들은 비슷한 나날이었다.

계절이 겨울로 접어드니 아침 출근길이 밤 같다. 이른 새벽 한 번에 일어나기는 여전히 어렵다. 그러나 조용히 일어날 수 있으므로 삶은 앞으로 나아간다. 몇 개의 과속방지턱을 지나 좌회전 몇 번과 우회전 몇 번을 하면 금세 카페에 도착한다. 테라스에 새로 구매한 난로를 켜고, 최근 손님에게 선물 받은 백건우의 슐만을 튼다. 겨우내 슐만을 듣지 싶다. 지금 이 글도 그 선율에 맞춰서 쓰고 있다.

가끔은 내가 커피를 내리는 작은 카페가 막다른 골목 같다고 여겨진다. 동네 엄마들이 넋두리를 늘어놓고, 주식 이야기, 집

값 이야기, 남편, 자식에 대한 고민을 풀어놓는 곳. 길 건너 산책로는 끊어지지 않고 아름다운 곳으로 이어지지만, 내 마음과는 조금 동떨어진 느낌을 받게 하는 곳. 그래서 가끔 떠올라서 찾게 되는 곳. 오늘도 이 공간에서 커피를 만든다. 사람들이 주고받는 이야기를 묵묵히 듣는다. 어떤 날은 그들이 주고받는 이야기가 이곳을 벗어나기 위한 이야기처럼 느껴진다. 그런 느낌이 실감 나는 날들이 있다. 그러면 두렵고 어지럽다. 홀로 남루한 모습으로 남게 될까 두렵고, 헤아리지 못한 세상사 때문에 어지럽다. 그럴 때는 잠시 길 건너 벤치에 앉아서 하늘을 본다. 하늘을 보는 것 외에는 아직 별다른 방법을 모르겠다.

흘러가는 구름을 보고, 피부에 닿는 차가운 공기를 느껴본다. 겨울이 깊이 느껴질 때까지, 혹은 손님이 무용한 나를 필요로 할 때까지 기다린다. 그렇게 긴 시간이 필요한 것도 아니다. 이내 차분해지니 내 걱정은 대개 사소한 것이라 믿기로 한다. 계절이 지나가면 자연스레 평평해지는 것이라 믿기로 한다. 늘 반복하는 다짐. 버는 돈과 무관하게 작은 의미를 찾아야지, 다짐한다. 찾는 사람이 있다면 내가 할 수 있는 작은 위로를 전해야지, 다짐한다. 늘 반복하는 동작. 포터 필터를 깨끗이 하고, 원두를 받는다. 잔을 체크하고 뜨거운 물을 받는다. 추출된 신득한 에스프레소를 뜨거운 물 위에 띄운다. 잔을 가지런히 하고,

크레마가 흩어지기 전에 커피 한 잔을 들고 기다리는 손님에게 조심스럽게 다가간다. 그렇게 묵묵히 하루를 보내다 보면, 어제처럼 저녁이 온다.

어스름한 저녁이 돼서 왔던 길을 되돌아간다. 운전대를 잡고 내가 지켜야 할 사람들과 이어진 사람들을 생각한다. 만약에 아내를 만나지 않았다면, 지난 세월 속의 막다른 골목을 서글프게 떠올렸을지 모를 일이다. 내가 온전히 보살펴야 하는 서우와 온이가 없었으면 지난 삶의 복기도 없을 것이다. 나는 반복이 괜찮은 것이라 생각한다. '오늘 저녁은 뭐 먹을까?'를 반복하는 평범한 일상도 나쁘지 않다고 생각한다. 오히려 누군가를 위한 반복은 떨어지는 낙엽을 쓸거나, 쌓인 눈을 밀어붙이는 것처럼 선한 것에 가깝다고 여긴다.

내게 어울리는 삶은 기다리는 것

때때로 새벽에 차갑게 식어 있는 카페에 도착하면 여기가 어딘가 싶은 마음이 든다. 테라스에 의자와 테이블을 꺼내어 놓고, 온풍기를 틀어 놓으면 어느새 훈기가 돈다. 하지만 서걱거리는 감각은 줄어들지 않는다. 세상과 동떨어진 공간에 나만 혼자 있는 느낌이 든다.

　밖은 아직 밤같이 어둡기 때문에 유리창은 거울처럼 혼자 있는 나를 비춘다. 커피 머신이 예열되는 동안 나는 며칠째 읽던 책을 꺼내어 놓고 이마를 누르며 뜨거운 물을 한 잔 마신다. 이마의 어느 쪽에 미세한 구멍이 있고, 거기에서 걱정이 흘러내리는 느낌이 든다.

　그래도 신선한 원두를 갈아서 갓 내린 에스프레소를 마시면 마음이 잔잔해진다. 카페 곳곳의 빈틈이 보이고, 사소하게 해야 할 일들이 생각난다. 활자도 눈에 들어온다. 책을 펴고 몇 줄 읽는다. 문득 적막을 깨닫고 음악을 튼다. 요즘은 이렇듯 뭔가 놓치는 경우가 있다. 음악을 들으면서 남아 있는 커피를 홀짝인다.

손님이 오지 않으면 또 에스프레소를 내려 마신다. 빈 잔이 늘어날수록 기분이 조금씩 괜찮아진다. 서서히 동이 터 오르고, 까마득했던 유리창 너머 산책로에 사람들이 하나둘 보이기 시작한다. 열심히 걷는 모습을 보면서 조심스레 작은 기대를 품어 본다.

하지만 손님을 기다리는 시간이 길어질수록, 내 기다림의 의미가 옅어짐을 느끼곤 한다. 내가 아무리 커피를 많이 마시고 준비가 되어 있다 한들, 내가 내려주는 커피를 마셔주는 사람이 없으면 이곳은 그저 텅 빈 공간에 불과하다는 사실을 지난겨울 동안 깨달았다.

이번 시즌은 꽤 혹독했다. 사회적 거리 두기 2단계가 한 달 이상 지속되면서 견디기 어렵다고 느꼈던 날들이 많았다. 텅 빈 매장을 지키는 일은 경험하지 못한 일이었다. 가끔 오는 손님을 밖으로 돌려보내는 일도 처음이었다. 이러다가 진짜 망하겠는 걸, 혼잣말을 하는 나를 보곤 했다. 손님과의 유대가 끊어져 버린 공간은 카페가 아닌 것 같은데, 그러면 무엇이라 불러야 할까. 이런 생각을 혼자서 하곤 했다.

그렇게 한 해가 저물었고, 새로운 한 해가 시작되었다. 그러고도 시간이 제법 흘렀다. 나는 언제부턴가 새해 목표를 세우지 않는다. 아마도 내가 그다지 특별한 사람이 아니라는 것을 깨닫게 된 어느 시점부터 그랬던 것 같다. 성취하는 것, 도달하는 것은 어느 순간부터 나에게 어울리지 않는다. 다만, 살아가고 기다리고 견디는 것이 더 어울린다.

앞날은 알 수 없지만, 그렇다고 포기하거나 주저앉지는 않을 생각이다. 아, 좁은 길이구나. 아, 오르막길이구나, 하면서 평소처럼 걸을 것이다. 그리고 지난해와 비슷하게 기다릴 생각이다. 누군가가 우리를 기다리는 것처럼 우리도 누군가를 기다린다면 그런 견딤은 절망이 아니다.

오늘도 내가 출근하는 거리에는 여러 카페가 열려 있다. 나와 비슷한 혹은 조금은 다른 결을 가진 사람들이 정성스럽게 빚어낸 공간들이 텅 빈 채로 손님들을 기다리고 있다. 비슷한 어려움 속에서 각자의 슬픔을 감당하고 있지 싶다. 누군가 올 때까지 웅크리고 앉아 있는 모습이 보이는 것 같다. 포기하지 않고 어떻게든 이 겨울을 함께 견뎌냈으면 한다.

두 딸은 아내와 내가 만든 연한 보호막 속에서 만족하면서 살아가는 것처럼 보인다. 아침에 유치원에 가는 것을 싫어하는 둘째를 보거나, 밤이 되면 자야 한다는 사실에 억울해하는 첫째를 보면서 그런 만족감을 엿볼 수 있다. 이 녀석들은 우리가 지은 작은 성이 꽤 흡족하고, 여기에서 보내는 하루가 썩 마음에 드는 모양이다.

주말에는 여전히 밖으로 나간다. 이번 겨울은 꽤 추워서 율하천이 얼어 있는 날이 많았다. 그곳에서 간이 썰매를 타거나 어설픈 스케이트 놀이를 하면서 주로 시간을 보냈다.

오랫동안 밖에 있으면 속눈썹에 얼음꽃이 맺힌다. 작은 핫팩을 챙겨서 두 딸의 손도 녹이고 내 손도 녹이면서 시간을 보낸다. 흐르는 콧물은 호주머니에 있는 손수건으로 닦아준다. 매서운 추위와 싸우며 작은 꼬맹이들을 돌보다 보면 여러 가지 걱정이 옅어지는 느낌이다.

나도 아이처럼 얼음 위로 살그머니 올라가 보기도 한다. 얼음은 생각보다 단단하고 두꺼웠다. 탁한 얼음 아래에는 모든 것이 가라앉아서 오히려 맑은 느낌이다. 잠든 듯 바닥에 붙어 있는 이름 모를 물고기들도 보인다.

그래도 물은 흐를 텐데 어쩌면 저렇게 고요하게 있을까. 겨울을 무사히 견딜 수 있을까, 그런 생각을 했다.

서우에게 신기하지, 하고 물었다. 옆에서 얼음 조각으로 소꿉

놀이를 하던 서우가 무심하게 말한다. "아주 천천히 집으로 가고 있겠지."

나는 서우의 머리를 쓰다듬었다. 바싹 마른 담요처럼 고소한 햇볕 냄새가 났다.

너도 소중하고 나도 소중해

가끔은 집안 어른들이 걱정하는 투로 이야기한다. 자식을 너무 귀하게 키우는 거 아니냐고. 그런 말을 들으면 나는 표정 관리 하기가 어렵다. 짐짓 깨달은 표정으로 눈을 감으며 고개를 끄덕 이는 것이 최선이다. 나는 태도를 고치려고 노력하지는 않는다. 왜냐하면, 실제로 두 딸을 귀하게 생각하기 때문이다.

놀이터에서 아이들이 노는 모습을 바라보면, 다른 부모들도 나와 비슷한 마음으로 아이를 키우고 있다는 것을 알 수 있다. 다들 각자에 대한 작은 프라이드가 있다. 미끄럼틀에 기대어 아 이들이 주고받는 소박한 무용담을 들으면 그런 느낌을 받는다. 주말에 어딘가에 다녀왔다든지, 새로 본 콘텐츠, 자기만 가진 장난감에 대해 자랑을 한다. 그런 이야기를 듣노라면 각자의 작은 궁전이 있고, 그곳에서 애지중지 보살핌을 받는 요즘 아이들의 모습이 보인다.

갈등 상황이 생겨도 우리 어릴 적과 다른 분위기가 보인다. 뭐랄까, 나도 귀하지만, 너도 귀하다는 사실을 어느 정도 알고 있다고 해야 할까. 적어도 우리 세대의 어린 시절처럼 치고받고 싸우는 모습을 한 번도 보지 못했다. 말싸움만 할 뿐이고, 골목대장도 없다. 억울한 상황이 생기면 분을 못 이기고 눈물을 뚝뚝 흘리거나, 웅크리고 있다가 엄마에게 전화를 걸면서 투덜투덜 집으로 돌아가는 것으로 상황이 마무리되곤 한다.

서우와 온이가 그런 상황에 부닥치는 일은 별로 없었지만, 딱 한 번 이런 일이 있었다. 어떤 아이가 서우에게 반복된 장난을 하고, 딸이 하지 말라고 말해도 상황은 제자리걸음이었다. 그때 조용히 개입했던 기억이 있다. 놀이터 친구들의 이름을 대부분 아니까. 누구야, 너도 소중하고 아저씨 딸도 소중한데 그렇게 해서 되겠느냐고 말했다.

생각보다 쉽게 받아들여서 약간은 놀랐다. 머리를 긁적이면서 쿨하게 잘못을 시인하는 그 아이를 보면서 요즘 아이들은 우리 세대와 다르다고 느꼈다. 기본적으로 자존감이 높고 젠틀하다고 해야 할까. 거기에 상호 존중의 태도가 제법 몸에 익은 것처럼 보였다. 나는 그 지점이 꽤 희망적인 징조처럼 느껴졌다.

우리 세대는 시야가 무척 좁아진 세대라고 생각한다. 아마도 자유롭게 꿈을 꿀 수 있는 권리는 있었지만, 실제로 이룬 것은 별로 없는 세대라서 그런 것이라 짐작하고 있다. 만약에 내가 이루고자 했던 꿈을 이루었다면, 지금 이런 생각을 하지도 못했으리라.

결혼이 선택 사항이 되고, 좀처럼 아이를 갖지 않는 것도 그것의 연장선이지 싶다. 자식이 살아갈 세상이 그려지기 때문에 낳기 전부터 그 존재가 애처롭게 느껴지는 것 같다. 그러니 첫째를 낳으면 얼마를 주고 둘째를 낳으면 얼마를 준다 한들, 그게 무슨 큰 의미가 있을까. 오히려 자라는 아이들의 따뜻한 마음을 지켜주는 것, 그들이 자라는 환경이 달라지도록 애쓰는 것이 더 중요하지 않을까 하는 생각을 하게 된다.

서우가 초등학교에 입학한 뒤로 그런 고민을 더 하게 된다. 아이가 자랄수록 현실과 만나기 때문에 앞으로 마주하게 될 좌절에 대한 걱정이 생긴다. 그래서 많은 부모가 어릴 적부터 영어 교육을 하고 여러 학원을 보내는 것이지 싶다. 나도 티격태격 놀기만 하는 두 딸을 보고 있으면 흐뭇하다가도 가끔은 조바심이 든다. 이렇게 놀아주기만 하는 아빠가 옳은지 확신이 서지 않는다.

그런데 아무리 생각해도 수학을 잘하는 아이들보다, 영어를 잘하는 아이들보다, 타인을 소중히 여기는 아이들이 많아져야 세상이 괜찮아질 것 같다고 생각한다. 그런 아이들이 세상에 무척 많아졌으면 하는 바람을 가지고 있다. 서로 소중한 존재라는 것을 굳게 인식하는 사람들이 만들어가는 세상은 지금과는 다를 것이라 믿기 때문이다. 그런 나라는 가르치고 배우는 것도, 노동도, 사랑도, 결혼도, 죽음도 다를 것이라 생각한다.

집에 와서 밥을 짓거나 설거지를 하기 싫을 때는 주문처럼 외우는 말이 있다. 나도 소중하지만 아내도 소중해. 나는 대체가 가능한 일을 하고 있지만 아내는 대체가 불가능해. 그러면 피식 웃음이 나면서 동시에 영차 하며 힘을 내게 된다. 놀이터 나가는 것도 귀찮을 때가 있다. 그러면 나는 존재 하나이지만, 두 딸은 존재 둘이므로 즐거운 마음으로 나가려고 노력한다.

따뜻한 봄이 오면 전전긍긍하는 것보다 놀이터 구석 벤치에 앉아서 꾸벅꾸벅 조는 아빠가 되고 싶다. 봄볕 아래에서 나는 졸고, 두 딸은 조금씩 자라났으면 한다.

약한 존재를 위하는 마음

저녁 해가 길어져서 다시 산책을 하기 시작했다. 마스크를 쓰고 걷는 길은 예전만큼 탁 트인 느낌이 들지는 않지만, 그 나름의 맛이 있다. 두 딸은 이제 완전히 적응한 듯 천변의 언덕을 뛰어다닌다. 소리를 지르면서 길과 길이 아닌 곳으로 뛰어다닌다. 금세 신발과 스타킹은 흙으로 더러워진다. 뒤처리가 걱정이 되기는 하지만 아이들의 반짝이는 눈빛을 보면 웃을 수밖에 없다.

　아내와 나는 손을 잡고 함께 걷는다. 비탈진 사면에 쑥을 뜯는 사람들이 보인다. 수북한 봉지를 보면서 나도 바닥을 조금 더 살핀다. 온이는 떨어진 목련 꽃잎을 줍고, 서우는 동생에게 갔다가 아내에게 갔다가 한다. 내 손도 번갈아 가면서 잡아준다. 벚꽃은 아직 터지지 않았다. 다만 봉오리를 내밀고 있다. 조금씩 가벼워지는 옷차림도, 가볍게 꼬리를 흔들면서 걸어다니는 강아지도 봄이 오고 있다는 것을 알려준다.

서우는 이제 2학년이 되었다. 그러면서 나에게 알려주는 것이 많다. 나는 모르는 척 배운다. 천왕성은 춥다는 것, 태양으로부터 멀어서 그렇다는 것. 예전에는 농촌이 많았다는 것, 여기는 강 주변이라서 농사를 많이 짓고 살았을 것이라는 추측, 꼭 그럴 필요는 없는데 그것 때문에 자연이 많이 없어졌다는 것. 그것 때문에 동네가 예뻐졌지만, 예쁜 게 전부가 아니라는 확신 같은 것을 배운다. 나는 고개를 끄덕이거나 작은 감탄사를 연발한다. 서우가 웃는다.

온이도 언니를 따라 부쩍 아는 척을 많이 한다. 이를테면, 귀신의 탄생 설화에 관한 것인데, 어떤 귀신은 이렇게 만들어졌고, 어떤 귀신은 이렇게 해서 착해졌고 하는 식이다. 귀신과 귀신이 합체를 하기도 한다. 만화에서 본 내용 같다. 예전에 들어서 알고 있는 이야기라도 꽤 놀란 척한다. 온이는 아빠 그거 알아? 하면서 가르침을 시작한다. 내가 계속 모른다고 하면 좋아한다. 이야기가 끝나면 매우 뿌듯해하면서 앞으로 돌진한다. 뒷모습만 보이지만 웃고 있다는 것을 안다.

어떤 날에는 내가 천생 바보이고, 두 딸이 모든 것을 배워 와서 나에게 가르쳐주었으면 좋겠다고 생각한다. 앞으로 살아갈 세상의 변화도, 그 속에서 살아가야 할 나의 태도와 선택도 콕 짚어줬으면 좋겠다. 대개 나는 과묵함 속에 초조함을 숨기고 불안해하면서 하루를 보내는 편이니까. 어떤 날은 흐린 미래만 예정된 것 같다. 그럴 때는 서우에게 일단 상담을 한다. 그러면 잘 될 테니 걱정하지 말라는 말을 해준다. 그러면 나는 맞지, 그렇게 되겠지, 한다.

카페는 다시 조금씩 장사가 되기 시작했다. 직원들의 월급을 챙겨주고 조금 여유가 생겼다. 덕분에 카페에 몇 가지 장비를 추가했다. 디스트리뷰터라는 장비를 구입하기도 했고, 그룹 헤드에 샤워 스크린을 새로 장착하고, 커피 추출 시 바텀 리스 포터 필터를 사용하기도 한다. 예전보다 맛이 안정적이고 미분도 적게 나오는 것 같아서 뿌듯하다.

요즘 가장 신경 쓰는 것은 클린 앤드 드라이. 커피를 내리는 사람만 볼 수 있는 영역에서 이것이 중요하지만 지키기 어렵다는 것은 바 안에서 움직이는 이는 누구나 알고 있다. 특히 피크 타임에는 더 그렇다. 한 시간 안에 수십 잔의 커피를 만들다 보면 나도 모르게 타협하게 되는 경우가 있다. 동작 하나하나가 시간을 잡아먹기 때문이다.

그럼에도 여유를 가지고 차분하게 깨끗하고 마른 상태를 유지하고자 한다. 맛의 차이는 미묘할 수 있지만, 마음가짐의 차이가 크기 때문이랄까. 58㎜ 지름의 작은 스테인리스 필터와 샷글라스가 때로는 양심처럼 느껴진다.

그렇게 강조를 해도 가끔 지켜지지 않는 경우가 있다. 그래도 모르는 척한다. 이미 일어난 일, 함께 일하는 스태프에게도 클린 앤드 드라이 하고 싶기 때문이다. 내가 더 지키는 모습을 보여줘야지 하는 다짐을 한다. 그렇게 해야 서로 배우고 더 오래 함께할 수 있다고 여기기 때문이다.

퇴근하는 길에는 습관처럼 차창을 내린다. 땀과 눅진한 피로와 지친 눈빛을 들어오는 봄바람에 깨끗하게 말린다. 텅 빈 집을 정돈하고 창문을 연다. 조금이라도 밝은 표정으로 아내와 두 딸을 맞이하고자 물을 한잔 마신다. 그러면 뭔가 준비가 된 것 같다.

요즘 들어서 문득 드는 생각은 육아가 왜 삶에 위안이 될까 하는 것이다. 육신의 피곤함은 피할 수 없지만, 어떤 소비보다 어떤 물질보다 아이를 키우는 것은 충만한 무엇을 주었다. 덕분에 더 충실히 살려고 고민하고 노력하는 시간을 보냈다.

우리를 살아가게 하는 것은 약한 존재를 위하는 마음일까. 혹은 그렇게 살아가는 내 모습에 대한 만족일까. 요즘은 아이를 키울 형편이 안 되어서 다른 것을 키우면서 사는 젊은 부부들이 제법 보이는 것 같다. 미루지 않고 함께 키우면서 같이 늙어가는 것이 괜찮은 삶이라는 믿음이 생겼다. 같은 방향으로 애쓰는 것 자체가 진정한 의미에서의 동행이기 때문이다.

오십천과 대장

서울말을 사용하는 대학 동기들의 말투에 익숙해질 무렵의 어느 날, 답사반 대장인 준영 선배가 앞에 앉아 있었다. 남학우 축구모임이 끝나고 뒤풀이 자리였다. 그와 나 사이에는 불판이 있었다. 나는 무심한 척 젓가락으로 싸구려 고기를 이리저리 뒤적였다.

대화보다 술잔이 더 많이 오갔다. 내 자세가 편향수처럼 무너지려고 할 즈음, 준영 선배가 이야기했다. 답사반에 당장 가입하지 않아도 되니까 여름 답사를 함께 가자고. 나는 거절하고 내 길을 갈 셈이었다. 하지만 유약한 나는 형의 눈빛에 압도되어 "예, 형님"이라고 대답하고 말았다.

새내기 시절, 나는 술을 많이 마셨다. 태어나서 처음 만져보는 자유였다. 빨간 얼굴을 하고 하숙집 옥상을 즐겨 찾았다. 침상에 누워 담배를 피우면 하늘이 아릿하게 돌았다. 마치 배를 타고 호수에 떠 있는 느낌이었다. 나의 청춘아, 어떻게든 되겠지. 이런 생각을 했었다.

선배는 나와 달랐다. 쨍한 눈빛으로 직진하는 부류였다. 나는 그런 사람들의 행동이 부럽다기보다는 이해가 되지 않았다. 졸업을 해야 응시할 수 있는 임용시험이었다. 6년 뒤의 시험을 위해서 청춘을 바친다? 글쎄, 나는 도저히 이해할 수 없었다.

답사반은 이상한 동아리였다. 매주 두 번이나 스터디를 한다. 답사를 한 해에 네 번이나 가는 동아리. 다수의 새내기는 가입하고 나서 금방 탈퇴해버렸다. 나는 당연하다고 생각했다. 그런 답사반의 대장이 나에게 제안을 하다니! 불편한 초대장이었다. 그렇다고 싫지는 않았다. 어차피 시간은 남아돌았고, 고향으로 가져갈 이야깃거리는 필요했으니까.

하지만 당일 배낭에 짐을 묵묵히 챙기면서도 마음은 오락가락했다. 총 사흘 일정이고, 밤에 출발한다고 한다. 제천역에서 출발하여 충주역에서 노숙하다가, 밤 기차를 타고 삼척역으로 가는 것이 첫날 계획이었다. 입에서 투덜투덜 욕이 나왔다. 삼척역에서 동해까지 걸어간다고? 내 의지와 체력이 걱정되었다. 하지만 다행스럽게도 그때까지 나는 좌절을 경험해보지 못했었다. 젊으니까, 하면 되겠지, 하는 막연한 생각이 들었다.

여름밤은 습하고 더웠다. 뽀송뽀송했던 면티는 금방 눅눅해졌다. 당시 제천역 주변은 공터가 많았다. 이름 모를 풀이 사바나의 식물처럼 높게 자라 있었다. 그곳에서 뿜어내는 초록 향이 우리를 소리 없이 감쌌다. 그 속에서 우리는 한 무리의 비둘기 같았다.

형은 농담도 잘 안 하고 말수가 적었다. 반면 새내기들은 쉴 새 없이 떠들었다. 무슨 이야깃거리가 그렇게 많았는지 모르겠다. 아마도 여름철 풀처럼 우리 마음에 돋아나는 불안을 주체할 수 없었던 것 같다. 시간을 소모하고 젊음을 발산하는 유일한 방법은 이야기를 주고받는 것이었다.

우리의 목적지는 먼 곳이었다. 누군가에게는 바다, 또 다른 누군가에게는 교단일 수도 있겠다. 둘 다 먼 곳에 있었다. 기차는 제천역에서 중간 목적지인 충주역으로 성실하게 가고 있었다. 하지만 우리 마음은 여전히 높은 풀이 가득한 초원에서 두리번거리고 있었다.

충주역사에 도착하니 자정이 넘었다. 역은 비교적 쾌적했다. 술에 취하지 않고 맑은 정신으로 맞는 한밤중은 참 오랜만이었다. 피곤해질 시간이었지만, 감각이 미묘하게 선명해지고 있었다. 나는 잠깐 밖을 구경하고 싶었다. 허락이 필요했다. 대장에게 밖을 구경하고 오면 안 되겠냐고 물으니, 앉아서 책이나 보라며 자신이 보던 답사 자료집을 건넸다.

자료집을 넘기니 제일 첫 장에 간결한 필체로 이 문장이 적혀 있었다. '사랑하면 알게 되고, 알게 되면 보이나니, 그때 보이는 것은 전과 같지 않더라.' 유한준(정조 시절 문장가)

세월이 주는 왜곡일 수도 있겠지만, 그 문장은 가늠할 수 없는 무게감을 가진 시 같았다. 그 글을 반복해서 보았고, 내 마음에 새겨지는 것이 느껴졌다. 다음 장을 넘겨보니 오십천 주변의 하천 지형과 석회암 지형, 그리고 동해안의 해안 지형에 관한 내용이 차례대로 적혀 있었다. 나는 뒤에 나오는 이론을 보다가 소스를 찍어 먹듯이 제일 첫 장으로 돌아가기를 반복했다. 물론 당시의 나로서는 이해하기 힘든 자료집이었다.

시간이 되어 탑승한 밤 기차는 조용하고 평안했다. 대장은 떠들지 말고 자라고 했다. 기차는 더 고요해졌고, 우리는 억지로 눈을 감았다. 나는 답사 기간 동안 먹은 음식은 기억할 수 없지만, 그 리듬감은 잊을 수 없다. 나는 눈을 감고 MP3로 전람회 2집을 듣고 있었다. 이어폰에서 나오는 노래와 불규칙한 철로와 쇠바퀴의 마찰음은 잘 어울렸다. 눈을 감고 있었지만, 터널을 지날 때 망막으로 들어오는 빛의 깊이가 달랐다.

그 각성의 시간에 나는 감히 잘 수가 없었다. 대장의 자료집에 적힌 그 문장이 계속 생각났고, 내 감각은 더 예리해지는 것 같았다. 그러다 어느 순간 좌석의 흔들거림이 요람처럼 느껴졌는지 찰나에 의식이 툭 하고 끊어지고 깊은 잠에 빠져버렸다.

아침 태양이 돋아나기 전, 우리는 삼척역에 도착했다. 역사에서 물을 떠서 주차장에서 간단하게 아침을 준비했다. 배고픔이 반찬이었고, 코펠은 무엇이든 끓일 수 있었다. 시야가 확보되자 우리는 역을 벗어나 강가를 따라서 난 고불고불한 도로를 걷기 시작했다. 금방 계절이 우리를 지배했고, 면티와 바지에는 소금 얼룩이 생겼다. 우리의 답사는 고되고 가난하고 수수했다. 하지만 진지하고 끈기가 있었다.

먼 옛날에는 하천의 바닥이었지만 지금은 언덕이 된 하안단구에 자리 잡은 마을을 거닐었다. 그리고 땅에 난 상처를 따라 오십 번이나 굽이쳐서 흐르는 감입곡류 하천을 행군하듯이 걸었다. 발바닥의 뜨거움이 곤란할 정도로 느껴지면 신발을 벗고 잠깐 쉬었다. 길을 가다가 물을 뜰 수 있는 곳이 있으면 생수병에 남은 물을 버리고 새 물을 담았다.

답사반이 이동할 때 형의 입은 바빠졌다. 목이 마르기 전에 물을 마셔라. 어깨를 펴고 걸어라. 내장은 이런 말을 계속했다. 나는 불판 같은 아스팔트 길을 걸으면서 형의 뒷모습과 앞모습을 계속 볼 수 있었다. 형은 앞으로 가서 이끌고, 다시 맨 뒤로 갔다. 행렬 앞뒤로 왔다 갔다 하기를 반복했다.

형은 땅을 사모했다. 남들이 보면 그냥 하천이고 산이었지만, 그는 사랑하는 마음으로 알려고 노력했고 그래서 보였다. 그리하여 강이 바다를 향해가는 의지가 대장의 마음에도 생겨버린 것 같았다. 우리의 걸음이 방황이라면, 그는 걸음으로 지형학 책을 필사하는 것처럼 보였다.

당시에 나는 지리를 좋아하지 않았다. 하지만 형 덕에 내 마음에 새로운 형태의 사랑이 생겨났다. 땅과 너무 자주 마주하게 되었다. 교과서에 나오는 거의 모든 지형에 가서 직접 사진을 찍었다. 수많은 답사 덕에 교단에 서 있는 내 미래가 너무나도 선명하게 그려졌다. 어느덧 나는 앞만 보고 걷는 사람이 되어버렸다.

요즘도 하천을 보면 나는 상처를 생각한다. 삶 속에서 생기는 이별, 그리고 좌절. 그 벌어진 살가죽에 물이 모여들어 나만의 강이 만들어진다. 오십천은 오십 번이나 굽이쳐서 흐르는데, 나는 몇 번이나 굽이쳐서 흐르게 될까. 궁금하다. 교사의 꿈, 그 바다를 포기하기는 힘들었다. 수많은 지형 사진을 버림과 동시에 함께 끊어진 인연들에도 미안하다. 어쩌면 잊으려고 세상이 아니라 책을 보는 것일 수도 있겠다.

발바닥이 아프게 일한 날은 그 시절이 어쩔 수 없이 떠오른다. 버릇처럼, 물은 목이 마르기 전에 마시고 바쁠수록 호흡에 집중한다. 나는 형 덕에 진지한 사람이 되었다. 여전히 내 마음의 첫 장에는 형의 자료집에서 보았던 이 글이 간결한 필체로 적혀 있다.

"사랑하면 알게 되고, 알게 되면 보이나니, 그때 보이는 것은 전과 같지 않더라."

녹스는 마음

딸만 둘이라서 그런지 모친의 친가에 마음이 더 쓰인다. 왠지 용돈을 두둑이 챙겨드려야 할 것 같고, 명절 이외에도 자주 찾아가는 것이 도리라는 생각이 든다. 하지만 늘 일상을 소화하기 바빠서 쉽게 가보지는 못한다.

할머니가 사는 동네는 낙동강의 배후습지를 개간해서 만든 동네다. 차에서 내리면 고인 물 냄새가 난다. 또 그곳의 흙은 검은색이고 밀가루처럼 곱다. 한반도 지천에 있는 붉은 황토와 다르다. 골목은 비가 조금만 와도 질퍽해지고 맑은 날은 회색 먼지가 바짓단에 붙는다.

평평한 길을 따라 거친 시멘트벽과 좁은 길목이 미로처럼 이어진다. 어릴 때부터 오돌토돌한 벽면을 만지면서 걷는 것을 좋아했다. 벽은 대개 무채색인데 집마다 특색이 있는 대문이 달려 있다. 재질도 색깔도 다르다. 어떤 집 앞을 지날 때는 큰 개가 짖는 소리가 난다. 그 앞집은 허술한 나무문이 닫혀 있고, 그곳에 사는 노인이 쓸 것 같은 낡은 유모차가 세워져 있다.

거기서 조금만 더 들어가면 전봇대에 허름한 조명이 가로등 삼아 붙어 있는 곳이 있다. 그 아래 붉은 녹이 많은 초록색 철문이 보인다. 거기가 우리 엄마의 엄마 집이다.

철문은 내 가슴 높이까지만 뚫려 있어서 확실히 숙이지 않으면 들어갈 수 없다. 그 문을 밀고 들어가면 아주 작은 마당과 더 작은 화단이 있다. 마당은 할아버지가 폐지를 수거하러 갈 때 쓰는 손수레와 몇 개의 토분으로 가득 차 있고, 화단은 대문보다 더 짙은 초록으로 가득 차 있다.

정확히 말하면, 꽃밭이었던 곳이다. 지금은 정체를 알 수 없는 화초와 너무 커버린 미모사, 굵은 줄기를 가진 장미 덩굴이 있는 공간이다. 할머니와 할아버지가 돌보지 못하지만 식물은 기세가 등등하다.

지금은 짙은 녹색뿐이지만 내가 어릴 적에는 이름 모를 꽃이 많았다. 그래서 할머니 집은 비릿한 물 냄새로부터 자유로웠다. 집으로 들어가는 문은 옆으로 밀어야 열린다. 지금은 쓸모없이 넓지만, 예전에는 신발로 가득 찼을 현관과 그 공간의 두 배 정도 넓이를 가진 거실이 있다.

초등학교 시절, 나는 삼촌 방을 제일 좋아했다. 킹사이즈 침대보다 작은 방에는 우리 집에 없었던 게임기가 있었다. 그리고 만화방에서 빌린 노릿한 책이 탑처럼 쌓여 있었다. 거기서 시간을 보내는 게 참 좋았다. 그 작은 방에 큰 스피커가 달린 전축도 있었다. 거기서 머물다 오줌이 마려우면 마당으로 나왔다.

국화가 만발한 뿌리 뭉치에 소변을 하고, 심심하면 우산이끼 주변에 숨어 있는 콩벌레를 잡았다. 개미를 잡아서 거미에게 밥으로 주기도 했다. 그러다 답답한 마음이 들면 잠자리가 많은 옥상으로 올라갔다.

화단 위로 구름다리처럼 노란 페인트를 칠한 철제 계단이 뻗어 있었다. 가파르게 옥상으로 가는 길은 예쁘고 좁고 쇳소리가 났다. 조금은 무서웠지만, 올라가면 나만의 비밀 세상이 있었다. 위에서 불꽃놀이 같은 불장난을 해도 아무도 몰랐다. 고추를 말리는 평상 한편에 앉아 어른들의 잔소리를 피해 그저 멍하게 있기도 했다. 먼 곳으로 시선을 던지면 비슷한 모양의 단층 옥상과 회색 슬레이트로 덮인 낮은 지붕들이 펼쳐져 있었다. 다들 비슷한 사연이 있을 것 같았고, 그저 모든 것이 잘 풀리지 않을까 싶었다.

그런 생각을 했던 아이는 너무 커져 버린 미모사 나무처럼 무덤덤한 남자가 되었다. 중학교 다닐 때는 할머니 집에 가면 읍내 오락실에서 놀았다. 고등학교 때는 이제 실컷 놀았으니 공부를 해보겠다고 할머니 집을 등한시했다. 대학교 때는 임용시험에 한 번에 붙어보겠다고 대학 도서관에 박혀 있었다. 반백수였던 시절에는 부끄러워서 갈 용기가 안 생겼다. 그러는 사이에 세월이 너무 흘러버렸다.

그런 못난 손자를 제쳐놓더라도, 그 오밀조밀한 마당은 여섯 남매에게 축복이었을 것이다. 우리 할머니는 그 마당에서 여섯 자식을 키웠다. 비좁지만 부족함이 없었다. 할머니는 허리가 굽기 전에는 마산 어시장에서 장사를 했다. 습지에서 자란 채소를 도매로 산 뒤, 시외버스를 타고 가서 팔았다. 그 돈으로 고무신을 사고, 천을 떼어 옷을 지어 입혔다. 할머니는 환갑을 넘은 나이에 운전면허증도 땄다. 고된 인생살이로 허리는 심하게 굽었지만 봉고차를 몰고 다니는 할머니의 눈빛만은 맑았다.

때때로 녹슨 것을 보면 불편한 몸으로 낮은 침대에 앉아 등불처럼 우리를 기다리고 있을 할머니가 떠오른다. 생각보다 많은 것이 녹이 슨다. 흙에 있는 철이 녹슬면 붉은 황토가 된다. 거의 모든 물질은 산소와 만나면 화학적으로 변한다. 할머니 집의 비릿한 검은 흙은 생명력이 넘치는데, 그 위에 있던 것은 너무 빠르게 늙어버렸다. 나는 아직 아무것도 되지 못했는데, 세월이 그렇게 되어버렸다.

너를 만나 알게 된 것들

초판 1쇄 발행 2021년 10월 5일

지은이	정인한
펴낸이	문채원

펴낸곳	도서출판 사우
출판등록	2014-000017호
주소	서울시 양천구 목동동로 50, 1223-508
전화	02-2642-6420
팩스	0504-156-6085
전자우편	sawoopub@gmail.com

ISBN 979-11-87332-70-1 (03810)